Dagmar Hollenstein

Ich, Svennie Glückspilz

Das Leben aus der Sicht
eines kleinen schwarzen Katers

AF210048

Für Svennie

Ach, schrittest du durch den Garten
Noch einmal im raschen Gang,
Wie gerne wollt´ ich warten,
Warten stundenlang.

Theodor Fontane

Mein besonderer Dank gilt:

Dr. Barbara Arnholz aus der Tierklinik Dr. Döring in Kassel, die Svennie hervorragend behandelt und sich um ihn bemüht hat wie um ihre eigenen Katzen.

Meinem Dosi-Mann, der drei Jahre lang geduldig ertragen hat, dass ich mich mehr um Sven als um ihn gekümmert habe.

Den Fans der ersten Stunde, die sich laufend nach Svennie erkundigt haben und auf deren Bitte dieses Buch entstanden ist.

Bibliografische Information der Deutschen Nationalbibliothek

Die Deutsche Nationalbibliothek verzeichnet diese Publikation in der Deutschen Nationalbibliografie; detaillierte bibliografische Daten sind im Internet über http.d-nb.de abrufbar.

Herstellung und Verlag:
Books on Demand GmbH, Norderstedt

9 783837 011869

Vorwort

Am Anfang standen die Tierarztkosten für Svennie, die ich nicht mehr bezahlen konnte. Ich bastelte Ton-Mäuse als Lesezeichen und verkaufte sie mit Hinweis auf Svennies Krankheit bei ebay. Über die große Resonanz wunderte ich mich schon damals. Einige der Lesezeichen-Käufer erkundigten sich weiter nach Svennies Gesundheit und seinem allgemeinen Befinden. So bildete sich ein harter Kern von ca. 70 Dosis, für die Svennie in unregelmäßigen Abständen einen Lage-bericht schrieb und ihnen zumailte. Natürlich blieb es nicht bei diesen 70 Dosis – es wurden 100, später 250, und schließlich bekam ich so viele Emails, dass ich es für angebrachter hielt, gleich eine eigene Homepage für ihn zu errichten.

<u>www.Svennie-Glueckspilz.de</u>

Gleichzeitig verkaufte ich kleine Plüschtiere mit Baldrian-Katzenminze-Mischung zur

Finanzierung seiner Tierarztkosten. Die waren so begehrt, dass Svennie einen Schopp eröffnet hat

www.Kleiner-Katzenkaufladen.de

Wie beliebt Svennie wirklich war, sah ich erst nach seinem Tod. In der darauffolgenden Woche waren über 4.000 Besucher auf seinen Seiten. Ich bekam unzählige Emails von Menschen, die Svennie nie gesehen hatten, die er aber so berührt hat, dass sie heute noch weinen, wenn sie an ihn denken. Immer wieder wurde ich gebeten, seine Geschichten als Buch herauszubringen. Und ihm selbst habe ich es auch versprochen.

Seit 25 Jahren lebe ich mit vielen Katzen. So ein Exemplar wie Svennie war noch nie dabei. Er war wirklich einzigartig.

Ein Großer kleiner Kater

Ich, Svennie Glückspilz

Aus einer Jauchegrube hat man mich in letzter Sekunde vor dem Untergehen gezogen, mehr tot als lebendig. Nur mein Kopf kuckte noch raus, und ich ruderte verzweifelt mit den Beinen, um nicht unterzugehen. Ich war da reingefallen, weil ich vor Hunger keine Kraft mehr hatte, mich auf den Beinen zu halten. Alles tat mir weh, ich hatte viele offene Wunden und Prellungen. Die Menschen auf dem Bauernhof waren nicht nett. Oft wurde ich getreten, obwohl ich doch noch fast ein Baby war. Und während ich versuchte, in dem Jauchetrog nicht unterzugehen, tauchte eine Hand in den Bottich und hob mich heraus. Ich hatte Angst und habe erst mal feste gebissen. Aber ich hatte ein ganz blutiges Mäulchen und das Beißen tat weh. Und die Hand ließ mich nicht los. Ich kam in eine Kiste, und die Menschen, die von der Katzenhilfe waren, brachten mich in ein Krankenhaus.

Ich sah nicht aus wie eine Katze, sondern wie ein Klumpen Matsche. Die Tierärztin sagte, sie könne nichts mehr für mich tun und müsse mich einschläfern. Aber das haben die Menschen nicht erlaubt. Ich wurde unter fließendes Wasser gehalten, um den Dreck abzuwaschen, und erst jetzt sah man das Ausmaß meiner Wunden richtig. Ich hatte viele eitrige Abszesse, etliche Verletzungen durch Stacheldraht, Prellungen, einen dollen Schnupfen mit zugeklebten Augen und außerdem Würmer und Milben und sonstiges Geziefer. Ich musste im Krankenhaus bleiben und kam in eine große Box. Es gab regelmäßig was zu futtern, und ich war ganz zufrieden. Es gab dort eine ganz liebe Tierärztin. Die wurde zu meiner Frau Lieblingsdoktor.

Nach sehr langer Zeit wurde ich wieder abgeholt und zur Katzenhilfe gefahren. Dort musste ich in die Quarantäne-Box. Alles war besser als dieser Bauernhof! Ich übte mit den Menschen laufen und springen, was ich nicht mehr konnte, weil ich so schlapp war. Eine von den Dosis hat mich immer auf den Arm genommen, herumgetragen und mir erzählt, wie gerne sie mich mit zu ihr nach Hause nehmen würde. Das war die, die es nicht erlaubt hatte, mich einzuschläfern. Aber ich musste erst noch kräftiger werden. Ich lernte einen kugelrunden, schwanzlosen Kater kennen und wurde sein Freund. Schon bald konnte ich mit ihm herumlaufen. Das Spielen und Kämpfen mit ihm machte mich immer stärker. Auch die Dosi mochte ich jeden Tag noch ein bisschen lieber. Sie hat mir erzählt, dass ich bald viele neue Freunde haben würde. Ich wollte aber meinen Freund Dickes behalten. Deshalb hat sie nicht nur mich, sondern auch ihn mit in unser neues Zuhause genommen. Und sie nannte mich Sven Glückspilz.

Mein neues Zuhause

Mir geht es sehr, sehr gut. Momentan liege ich auf der Seite und kann mich kaum rühren, weil ich so dick und vollgefressen bin. Nach dem Abendessen gab es nämlich noch mal Hähnchen aus der Pommesbude für uns Katzen und unsere Menschen. Die Menschen haben die Haut gekriegt und wir den Rest. Ich glaube, ich habe mich furchtbar überfressen. Jetzt bloß nicht bewegen, damit das Essen auch gut ansetzt!

Grundsätzlich ist das Futter hier sehr lecker und abwechslungsreich. Am liebsten esse ich die ganz teuren Sorten. Manchmal gibt es aber ein Dosenfutter, das ich nicht mag. Das rühre ich dann natürlich auch nicht an. Stattdessen mache ich Camping vorm Napf und weine ganz herzzerreißend. Meistens klappt es, und ich kriege ein Extrafutter nur für mich. Manchmal muss ich aber auch eine halbe Stunde jaulen, weil die hier offenbar der Meinung sind, wenn ich die Geschmacksrichtung gestern gemocht habe, muss ich sie heute auch noch mögen. So ein Unsinn! In solchen Fällen schlinge ich dann als erzieherische Maßnahme ganz schnell eine Portion Breckies -natürlich nicht die echten Breckies, sondern die teure Variante- runter. Ich kann nicht kauen, weil ich keine Backenzähne mehr habe. Also gehen die Breckies unzerkleinert in meinen Magen. Das mag mein Magen aber nicht, und nach zehn Minuten kommt alles wieder hoch. Ich pflege es dann auf dem hellen Berberteppich auszuwürgen, da sieht man es am besten. Danach kriege ich das Futter, das ich haben will. Immer.

Ich schlafe nachts durch. Jawoll! Bis viertel vor vier morgens! Dann überkommt mich immer der heftige Drang, mit den Dosenöffnern zu schmusen, und ich stupse so lange rum, bis sie wach sind. Und wenn sie dann wach sind, werde ich plötzlich furchtbar müde und lege ich mich noch mal schlafen. Um viertel vor sechs überkommt mich dann wieder eine Welle der Zuneigung, die ich sofort mitteilen muss. Allerdings sind die Dosis dann schon wieder eingeschlafen und ich kann sie nur mit heftigem Milchtritt-Marsch wieder wecken. Gestern Morgen hat die Dosi mich doch tatsächlich aus dem Schlafzimmer rausgeschmissen! Die Schlaf-zimmertür ist von außen so komisch glatt, dass man noch nicht mal ordentlich laut daran kratzen kann! Zur Strafe habe ich meinem neuen Freund, dem Dickes, eine verbraten. Das hat er jetzt davon.

Das tue ich überhaupt gerne: Meine Mitkatzen provozieren und gucken, was dabei rauskommt. Schließlich muss ich das Leben lernen! Ich bin ja noch ganz jung und habe außer einem verdrecktem Bauernhof noch nichts von der Welt gesehen. Also der Dickes ist ja wirklich super gutmütig. Er versucht, mich nicht zurückzubeißen, wenn ich mich in ihn verkeile und ihn mit den Hinterbeinen mit voller Wucht in den Bauch boxe. Gelegentlich muss er sich aber doch wehren, das sehe ich ja ein. Zum Beispiel wenn ich ihm an die Kehle springe. Dann beißt er mich und haut feste zu, und ich muss quietschen und kreischen. Wenn ich laut genug schreie, lässt er mich aber direkt wieder los. Alles in allem ist er sehr geduldig, und nachtragend ist er auch nicht. Wir sind wirklich sehr gute Freunde geworden.

In der kurzen Zeit, die ich jetzt hier bin, habe ich doll zugenommen. Ich wiege 3,2 Kilo. Meine Menschen sagen, ich bin jetzt doppelt so schwer wie vor einigen Wochen und ich soll doch mal in den Spiegel kucken, was ich jetzt schon für ein glänzendes Fell gekriegt habe. Im Spiegel sehe ich aber nur eine weitere schwarze Katze, mit der ich auch schon mehrfach gestritten habe. Die geben uns hier übrigens auch immer Drogen. Die Dosi hat Katzenminze gekauft, aber noch lieber mag ich Baldrianwurzel in Fellmaus. Derart zugedröhnt vertrage ich mich mit der gesamten Katzenwelt bestens. Apropos Katzenwelt: Ich gehe auch manchmal nach draußen. Mittlerweile bin ich so stark, dass ich problemlos die Katzentreppe hoch- und runterspringen kann. Aber am liebsten bin ich immer noch bei meinen Menschen auf dem Arm. Ich bin so glücklich und dankbar, dass ich gerettet wurde!

In der Tierklinik, Teil 1

Fast alle Krankheiten sind im Laufe der Klinikzeit verschwunden, sogar die Flöhe haben sich auf Nimmerwiedersehen von mir verabschiedet, nur eines ist geblieben: Ich habe eine Autoimmunschwäche. Das heißt so, ist aber Blödsinn, denn ich bin nicht schwach und auch nicht immun gegen Autofahren. Aber ich habe ein Virus, das Calici heißt. Das hat sich selbstständig gemacht und ist aus meinem Katzenschnupfen rausgekrabbelt. Es ist sehr böse. Ich habe es selbst schon gesehen - beim Gähnen saß es da und glotzte mich hämisch an. Als ich sagte, es solle verschwinden, meinte es nur: Ach, und wohin? Das Virus entzündet mir immer den Rachen, den Mundraum und das Zahnfleisch. Deshalb mussten auch schon meine Zähne gezogen werden, nur die vier Eckzähne habe ich noch, aber die sind auch bald fällig, hat meine Frau Lieblingsdoktor gesagt. Jedenfalls habe ich dauernd Blasen und offene Stellen im Mund.

Dann muss ich immer ganz doll sabbern, und die Dosi weiß, es ist wieder höchste Zeit für eine Cortisonspritze. Seit Neuestem habe ich auch geschwürige Stellen auf der Zunge. Das tut besonders weh, ich kann dann nichts mehr essen. Schmerzen habe ich überhaupt immer, aber mein Schmerzbewußtsein ist mittlerweile so weit heruntergesetzt, dass ich sehr gut damit leben kann. Meine Dosi und meine Frau Lieblingsdoktor, die ich insgeheim Dokki getauft habe, gehen jetzt nach und nach alle bekannten Behandlungsmethoden durch – irgendwas wird mich schon wieder auf die Beine bringen! Das finde ich auch richtig so, aber es heißt noch lange nicht, dass ich gerne in die Tierklinik fahre! Neenee!

Beim Versuch, mich in einen Katzenkorb zu stecken, habe ich der Dosi einen grandiosen Kratzer quer über den gesamten Rücken gezogen. Sie hat geheult, muss wohl weh getan haben. Mein Dosi-Mann kam und verfrachtete mich in den Korb. Bei dem bin ich immer ganz artig, aber vor der Dosi habe ich überhaupt keinen Respekt, warum denn auch? Bei der darf ich eigentlich alles machen, weil ich so arm und klein und krank bin. Manchmal ist es sehr vorteilhaft, arm und klein und krank zu sein!!

In der Klinik habe ich einen Big Bang gekriegt und alle haben gewartet, dass ich einschlafe. Ich dachte aber gar nicht daran und war weiter putzmunter. Die mussten noch zwei weitere Male nachhelfen, bis ich endlich eingeschlafen war. Die Dokki sagte, das hätte sie noch nie erlebt, dass eine Katze die dreifache Hau-Weg-Narkose-Dosis benötigt. Aber -pah!- ich bin ja auch nicht irgendein Kater! Da muss sie sich schon mal ein bisschen anstrengen! Ich habe Omega-Interferon-Zeugs in verschiedene Stellen in den Mäulchen-Rachenbereich gespritzt gekriegt. Hat auch gar nicht wehgetan, als ich aus der Narkose erwacht bin. Nur die Dosi hat etwas blöd gemacht – ich wollte nämlich über unsere Katzentreppe im ersten Stock runter und ein wenig frische Luft schnuppern. Und so stand ich dann ziemlich torkelig in ca. fünf Metern Höhe und wollte gerade die erste Stufe runter hüpfen, als die Dosi das Schlafzimmerfenster aufriss und mich in letzter Sekunde packte, weil ich nämlich auf der Plattform ein bisschen umgekippt bin und fast runtergefallen wäre. Danach habe ich Hausarrest gekriegt – das war gemein. Kann ich doch nix dafür, wenn ich nicht gerade stehen kann. Soll die Dosi sich doch bei der Dokki beschweren und nicht bei mir!

Am nächsten Tag ging es mir wieder sehr gut. Beim Tierarzt haben sie mir gesagt, dass ich jetzt jeden Tag kommen muss. Na, wenn´s denn hilft... aber wehe die Dokki piekt zu dolle – dann spring ich der auch mal auf den Rücken!

Sonst gibt es nix Neues, außer, dass ich mit dem Fell an der Pfote im Sekundenkleber hängengeblieben bin, als ich mit der Dosi Ton-

Mäuse basteln wollte. Jetzt habe ich da eine unschöne, kahle Stelle, denn die Dosi musste meine tollen Plüschhaare abschneiden.

Der nächste Besuch in der Tierklinik war ein Erfolgserlebnis. Sowohl die Dokki als auch ein anderer Tierarzt haben gesagt, mein Rachen sei eindeutig besser geworden! Die offenen Stellen sind zu, der Bereich ist glatter und etwas heller. Wisst Ihr, was das heißt? Genau. Ich kann wieder beißen mit meinen vier übrig gebliebenen spitzen Eckzähnen! Und das habe ich zuhause sofort und mit großem Erfolg mit meinem besten Freund Dickes ausprobiert – sauer genug war ich ja, nachdem ich fast zwei Stunden in der Klinik warten musste. Notfälle, Notfälle.... Bin doch selber ein Notfall, Mensch!

Weil es mir richtig gut ging, habe ich herumgewuselt, so viel ich konnte. Schließlich sollten das alle mitkriegen. Habe erst ganz unauffällig ein paar Stifte vom Tisch getitscht und dann ein Döschen mit

Glimmersternchen, das sich natürlich geöffnet hat. Denen habe ich ganz interessiert nachgekuckt, wie sie sich so schön in den hochflorigen Berberteppich verkantet haben und glitzerten. Oh, war die Dosi böse! Sie hat eine halbe Stunde gebraucht, alles wieder aufzusammeln. Ich bin derweil in die Spülmaschine geklettert, um dort ein Schläfchen zu halten. Da war es noch schön warm; Dosi war nämlich gerade beim Ausräumen, als der Sternenregen stattfand. Aber da sollte ich auch wieder raus, hat sie gemeckert. Dann bin ich eben in den Wäschetrockner. Dort hatte ich endlich meine Ruhe. Die Keilereien mit dem Dicken machen übrigens richtig Spaß. Das findet der Dicke zwar nicht, aber das ist ja egal. Hauptsache, mir gefällt es und es tut nichts weh. Der soll sich mal nicht so anstellen! Der hat so viel Speck, dass es ihm gar nicht weh tun kann, wenn ich genüsslich in ihn reinbeiße!

Meine Dokki hat gesagt, wie gut mein Hals aussieht und dass wir jetzt eine Pause von erst mal zwei Wochen machen können. Die Dosi war heilfroh. Ich hatte den Eindruck, nicht unbedingt, weil es mir gut ging, sondern weil sie nicht mehr jeden Tag diese doofen 70 Kilometer zur Klinik fahren braucht. Aber am Sonntagmorgen musste sie schon wieder hin, hö hö. Zur Abwechslung mal nicht mit mir, sondern mit unserer Nachbarin, die Dosis Freundin ist, obwohl sie einen Hund hat. Der Hund ist ein großer fieser gefährlicher schwarzer Bouvier, ein zehn Jahre altes Modell Marke Katzenkiller, und der hatte Husten. War über Nacht ganz schlimm geworden. Nur Husten, kein Schnupfen und nix. Dosi ist also mit ihr und Erik dem Hund hingefahren. Es stellte sich heraus, dass der Erik einen Herzfehler hat und außerdem ein erschlafftes Herz. Er hustet, weil das Herz auf die Lunge drückt. Jetzt habe ich ein schlechtes Gewissen. Vielleicht hätten wir ihn doch nicht so sehr ärgern dürfen! Kann aber doch niemand ahnen, dass er sich das so zu Herzen nimmt! Jetzt kriegt er Tabletten wie so´n herzkranker Oppa und alles wird wieder gut. Und am besten ist, dass er jetzt nicht mehr so schnell hinter uns her rennen darf!

Behandlungspause schon wieder zu Ende, ich musste wieder in den blöden Korb. Ich wollte flüchten, aber auf der Katzentreppe saß zufällig der große rote zottelige Wilde, der sich immer bei uns zum Essen einlädt. Vor dem habe ich Angst. An dem kam ich nicht vorbei, also musste ich drinnen bleiben und mich verstecken. Die Dosi hat mich aber im Kleiderschrank gefunden. Mein Hals ist leider in der letzten Woche nicht besser geworden. Ich habe große Schwierigkeiten beim Essen von Katzenfutter, auch wenn es püriert ist. Die Dosi sagt immer, sie wisse nicht, ob ich ganz echt bin. Kürzlich gab es Schweinefilet, und vorgekaute Häppchen davon konnte ich in größeren bzw. großen Mengen problemlos konsumieren. Beim Katzenfutter wurde es wieder schwierig. Tja. Auch hat meine Dokki heute beim Wiegen festgestellt, dass ich 200g zugenommen habe (ich wiege jetzt 4 kg!!). Die Dosi fragt sich aber, wie das sein kann, obwohl ich seit einer Woche nicht mehr richtig gefressen habe. Sie hat vermutet, dass ich mich immer nachts zum Napf schleiche, um dann morgens wieder jämmerlich nichts fressen zu wollen. Naja, wenn ich aber doch nachts Hunger kriege .... Auf jeden Fall will meine Frau Lieblingsdoktor die gute, teure Therapie nicht gleich abbrechen. Ich habe Aua-Eiterblasen im Mund- und Rachenraum – das sieht nach bakterieller Infektion aus, zumal ich auch ein bisschen Schnupfen habe. Was muss ich auch bei Schneefall nach draußen gehen? Und aus der letzten Pfütze, die ich als Trinkbrunnen verwendet habe, kamen mir die bösen Bakterien quasi schon ins Mäulchen geflogen, das gebe ich ja zu. Ich hab mal wieder eine Spritze gekriegt, ein Antibiotika-Depot. Reicht eine Woche lang, dann muss ich schon wieder hin, uäh! Als ich wieder zuhause war, musste ich vor lauter Frust erst mal den Dicken verprügeln. Leider habe ich daraufhin aber eins von Katjes übergebraten gekriegt. Dann habe ich mich den ganzen Nachmittag in Dosis Bett verkrümelt.

Die dreiste Maus

Seit gestern haben wir eine Maus in unserer Wohnung. Haben wir ja öfter, aber das ist eine Maus von der ausgebufften Sorte. Wir sind nicht in der Lage, die zu erwischen! Und ich habe sogar etwas Angst vor ihr, die ist so clever und dreist. Gerade saß sie in der Küche vor meinem!!! Napf und hat sich die Wampe vollgefressen!!! Und ich saß davor in etwa zehn Zentimetern Entfernung und war hin- und hergerissen zwischen Angst und Angriff. Ich habe mich aber nicht getraut, denn wer so frech ist, ist bestimmt eine Killermaus. Noch nie habe ich eine derart unverfrorene Maus gesehen! Die Maus ist nach dem Essen in aller Seelenruhe gemächlich wieder unter der Couch verschwunden. Jetzt schäme ich mich sehr. Bin ich gar kein richtiger Kater? Na ja, die anderen haben die Maus ja auch nicht gekriegt. Und die Dosi schon gar nicht. Die rennt seit zwei Tagen mit einem Glas hier rum, um die Maus zu retten. Aber dass die

Maus klüger ist als meine Dosi, ist ja gar keine Frage. Da höre ich es schon wieder poltern nebenan. Das ist bestimmt Möhrchen mit der Maus. Ich muss rüber, tschüss!

Zwei Tage später - die Maus ist immer noch nicht gefangen. Gestern Abend ist sie doch tatsächlich zwischen unseren Näpfen langgelaufen, während wir halb verhungert auf unser Abendessen gewartet haben! Und keiner von uns hat sie angegriffen! Dann ist sie die Couch raufgerannt, auf die Arbeits-platte in der Küche geklettert und unter der Mikrowelle verschwunden. Dort konnte man sie nicht mehr sehen. Mein Dosi – Mann hat gesagt, sie sei ins Innere der Mikrowelle gekrochen. Und das stimmte, ich habe Geräusche von dort gehört. Am späten Abend wollte mein Dosi-Mann sich etwas in der Mikrowelle warmmachen und hat sie angestellt. Da ist die Dosi schreiend und wild mit den Armen fuchtelnd angerannt gekommen und hat ihm verboten, die

Mikrowelle zu benutzen, solange die Maus da noch drin steckt. Na, das finde ich doch etwas übertrieben. Früher oder später kriegen wir die doch sowieso. Hoffe ich.

So. Die Maus ist endlich weg! Heute Morgen hat die Dosi uns Futter gegeben, und als sie dann wieder in die Küche kam, saß besagte Maus mitten im Rindstöpfchen von dem Dicken und kaute vor sich hin und her. Der Dicke saß stocksteif davor, glotzte die Maus ungläubig an und wartete geduldig darauf, dass er auch an sein Futter darf. Die Dosi hat ein Glas genommen und die Maus einge-sammelt. Sie ist noch nicht mal weggerannt. Die saß da im Futter und war mittlerweile so kugelrund, dass sie sich wohl gar nicht mehr schnell bewegen konnte. Die Dosi hat sie nach draußen gebracht, und ich weiß genau, dass ihr die Maus leid tat, die jetzt wieder in die klirrende Kälte zurück musste. Sie hat auch ganz doll gezittert - sowohl die Dosi als auch die Maus! Aber das Leben drinnen wäre zu gefährlich geworden! Oder?

In der Tierklinik Teil 2

Nachdem ich aus Protest mehrfach in meinen schönen Weidenkorb gepieselt habe, musste ich heute in so einen rosaroten Transportkorb. Da war ich schon mal sauer. Rosarot! Ich bin doch kein Baby und ein Kater zudem! Nachdem das ganze Gemeckere auf den bisherigen Fahrten nichts genutzt hatte, bin ich heute mal zu weinerlichem Jammern übergegangen. Geholfen hat es auch nix. Ich bin aber auch ein jämmerlicher aaarmer kleiner kranker Kater! So ein bemitleidenswerter Wurm! Das fand die Dokki auch, als sie meinen Hals gesehen hat. Die Eiterblasen sind jetzt weg, der Rachen ist auch einigermaßen akzeptabel, aber meine Kauleiste und das Zahnfleisch sehen ganz rot und blutig aus, aua. Deshalb habe ich wieder den Big Bang gekriegt. Zum Kieferunterspritzen in Vollnarkose liege ich mal wieder bei meiner Frau Lieblingsdoktor, besser gesagt Dokki, auf dem Tisch. Allerdings muss ich mir noch gut überlegen, ob sie das auch bleibt. Die wird immer unverschämter! Als sie dachte, ich sei schon fest in Narkose, hat sie doch tatsächlich zu der Dosi gesagt, ich sei ein Schmuddelkind und habe außerdem ein Fell wie ein Rauhhaardackel. Das muss man sich mal vorstellen! Was bildet diese Person sich eigentlich ein? Ich habe viiieeel schönere Haare als die mit ihren spillerigen hellblonden Häääährken auf dem Kopp! Gottseidank bin ich dann doch eingeschlafen, so dass ich mir den Rest des Gespräches nicht mehr anhören musste. Habe mich aber sofort daran erinnert, als ich wach geworden bin und habe die Dokki schön angekotzt, weil mein Dosi-Mann mir heute Morgen noch was zu essen gegeben hat, obwohl er das nicht durfte. Aber meinem Betteln kann eben selbst der stärkste Mann nicht widerstehen … Jetzt penne ich gerade meinen Rausch aus und träume von dreisten Mäusen, die mich beißen, während ich mich hier in Narkose nicht wehren kann ….

Lästerkram

Der blöde Katjes ist so doof! Er hat eine Holzperle verschluckt. Die hing aber noch an einem Bändchen, und an der anderen Seite war ´ne Maus festgemacht. Das Bändchen mit der Maus hing jetzt bei Katjes aus der Schnute raus, und er kuckte ziemlich blöd. Sah sehr lustig aus. Eine ungewöhnliche Art, Mäuse zu fressen, finde ich! Die Dosi fand das weniger lustig. Sie hat gebetet, dass der Sekundenkleber, mit dem die Perle am Bändchen verklebt ist, hält. Und dann hat sie gezogen. Katjes hat gewürgt, und dann hat es „plopp" gemacht und die Perle war wieder da. Die Dosi hat uns eindringlich vor diesen Mörderperlen gewarnt und gesagt, sie würde nicht noch mal so eine Perle rausziehen, sondern sie beim Tierarzt entfernen lassen, mit schnipp und schnapp und allem. Das geht aber auf keinen Fall nicht. Das kostet zu viel Geld, das uns dann nicht mehr für Futter zur Verfügung steht. Deshalb haben wir gemeinschaftlich beschlossen, die Perlen in Ruhe zu lassen. Mit der anderen Seite des Bändchens beschäftigen wir uns natürlich weiter! Ich vertreibe mir aber lieber die Zeit mit Warten auf den Postboten. Der bringt manchmal ganz tolle Sachen. So auch heute. Kartonweise kleine Dosen Futter! Der Postbote war sehr sauer, als er mit dem schweren Paket endlich oben angekommen war! Dann haben wir alle gemeinsam das Futter kontrolliert. Außer Katjes, der ist direkt in den Karton gesprungen, sobald der fast leer war. Aber der hat ja auch ne Kartonagen-Keller-Kofferraum-Macke. Und stellt Euch vor, das Futter rollt! Wir haben hier im Fachwerkhaus einen so ungeraden Steinboden, dass die Dosen sich wie von selbst bewegen! Fanden wir natürlich große Klasse und ich weiß gar nicht genau, ob die Dosi alle Dosen wiedergefunden hat. Aber die werden schon wieder auftauchen, wenn das Futter zur Neige geht, da bin ich mir sehr sicher. Und lecker ist das Fresschen! Ich selber habe nur eine Dose gegessen, bei hochwertigem Futter kann ich nämlich plötzlich doch ganz gut kauen und schlucken. Das „lecker" ist mehr als das „aua". Aber der Bommel hat sich gleich drei 100g-Dosen reingezogen! So ein Vielfraß! Da kommt ja noch nicht mal Dickes mit! Mit dickem Bauch und voll gestärkt bin ich dann auf den langhaarigen roten Zottel zugerannt, der gerade ganz arglos zum Mittagessen durch die Katzenklappe kam. Ich habe einen Riesen-Buckel gemacht, mich fürchterlich aufgeplustert, und mein Schwanz war mindestens genauso dick wie der von dem Zottelmonster. Überraschenderweise ist er wirklich weggerannt und erst zum Abend-essen wiedergekommen! Da hatte ich aber schon weitere zwei Dosen gefressen und war kaum noch in der Lage, mich zu bewegen, rülps. War also nix mehr mit wegjagen. Im Gegenteil. Er hat mich in den Hintern gebissen und an mir rumgezerrt. Jetzt ist mein schönes schwarzes Rauhhaardackelfell ganz zerrupft und irgendwie verfilzt. Der hat bestimmt Gift in der Spucke. Muss Dosi morgen rausschneiden. Zu ärgerlich aber auch! Und die Dosi hat auch noch gelacht, als sie mich kleines Persönchen in der Gerne-Groß-Buckelstellung gesehen hat!

Auf die Dosi bin ich sowieso leicht sauer. Die aber auch auf mich. Die muss nämlich jetzt renovieren. Kann ich ja nix dafür, dass beim Schaukeln in den Schlaufenschals die ganze Gardinenleiste aus der Wand bricht! Die wollte ja unbedingt in so ein poröses Fachwerkhaus ziehen, nicht ist! Aber ich bin wieder schuld – klar, irgendjemanden muss es ja treffen. Dass ich mir beim Runterfallen von ganz oben selbst weh getan habe, weil ich auf die Kommode geknallt bin, interessiert hier keinen! Und außerdem ist Dickes auch beim Buddeln erwischt worden. Er hat versucht, zwischen den Fernsehkabels eine neue Katzenklappe nach draußen zu graben, weil er mittlerweile so dick ist, dass er nicht mehr so gut durch die zwei vorhandenen passt. Weit ist er allerdings nicht gekommen. Die Tapete und ein bisschen Mauerwerk hat er runtergekratzt, aber dann wurde es wohl zu hart. Zu dem sagt die Dosi aber nur, sie sei froh, dass ihn nicht an dem Gekabels der Schlag getroffen hat! Echt gemein!

Und dann schon wieder die Sache mit dem blöden Katjes! Der war nämlich zum Abendessen nicht da, und der Dosi ist aufgefallen, dass sie ihn auch tagsüber nicht gesehen hat. Ihr müsst wissen, dass der Katjes einen Winterschlaf hält. Er überwintert quasi auf der Couch oder im Körbchen auf der Waschmaschine und ist im Sommer eigentlich nur zum Fressen da. Da es gestern geschneit hat, hätte er eigentlich hier sein müssen. Wir wussten alle, was jetzt wieder kommt. Wir kriegten erst mal nix zu essen und die Dosi zog die dicken Stiefel und die Jacke an und klingelte bei den Leuten im Ort. Den Katjes kennt jeder in unserem kleinen Dorf. Die Dosi geht von Haus zu Haus und bittet die Leute, mal kurz ihren Keller und die Garage sowie den Kofferraum vom Auto aufzuschließen. Früher oder später ist sie dort immer fündig geworden. Nur einmal ist Katjes wohl im Kofferraum eine weitere Strecke gefahren, denn er kam erst zwei Wochen später, fast verhungert und mit durchgelaufenen Füßen, wieder bei uns an. Natürlich hat die Dosi ihn auch diesmal entdeckt. In einem Keller, wo er durchs Fenster rein kam. Die Bewohner haben das Fenster aber dann zugemacht, weil es in der Waschküche zu kalt war, doch Katjes war immer noch drin. Er fand es ziemlich selbstverständlich, dass die Dosi ihn da raus geholt hat. Merkwürdigerweise hatte er gar keinen Hunger, nur dringend aufs Klo musste er. Wahrscheinlich ist die Mäusemenge in diesem Kellergewölbe jetzt um ein Vielfaches reduziert. So ist das mit dem blöden Katjes. Könnt Ihr verstehen, dass der uns allen auf die Nerven geht? Geht es bei Euch in der Familie auch immer so chaotisch zu?

Der liebe Gott

Die Dosi war wieder mit mir in der Klinik. Zwar viel später als geplant, weil ich diesmal tatsächlich entwischt bin und die Dosi mich draußen aufsammeln musste. Die Dokki war nicht da, also bin ich zum lieben Gott persönlich, dem Dr. Döring, gekommen. Mittlerweile kennt ja die gesamte Klinik mich und meinen Behandlungsverlauf. Zwischendurch kam eine Dame von der Buchhaltung ins Behandlungszimmer, und irgendwie fiel der Name Sven Glückspilz. Sie war ganz entzückt, mich auch mal in natura zu sehen, nachdem immer alle von mir erzählten. Jedenfalls hat der Oberchef in meinen Hals gekuckt und den Kopf geschüttelt. Er sagte, wenn das Interferon anschlagen würde, müsste das mittlerweile schon zu sehen sein. Ich bin ja schon in der zweiten Staffel und soll nur noch zwei Spritzen kriegen. Dann muss man eine größere Pause machen. Er hat mir noch eine Injektion mit 10 Mio Einheiten gegeben, hat aber schon gesagt, dass er das Projekt als nicht besonders erfolgreich ansieht. Nächste Woche müssen wir noch mal hin. Die Dosi überlegt, ob sie die letzte fällige Spritze überhaupt noch geben lassen soll, wenn es nichts bringt, denn die kostet auch wieder irre viele Mäuse. Hingehen tun wir aber auf jeden Fall. Tja. Und was machen wir nun mit mir? Immerhin ist mein Rachenraum nicht mehr so dolle knallrot, dadurch kann ich besser schlucken, aber mein Zahnfleisch und die Kauleiste sind nach wie vor ganz aufgerissen. Und ich sabbere immer noch etwas. Futtern tue ich aber ganz gut. Meine Frau Lieblingsdoktor hat letztens noch mal was von Homöopathie gemurmelt. Nur die Hoffnung nicht aufgeben! Die Dosi hat jedenfalls auf keinen Fall vor, mich in irgendeiner Weise zu entsorgen oder gar einzuschläfern. Wir werden schon einen Zustand erreichen, mit dem ich auch gut leben kann. Vielleicht wirkt das Interferon ja auch noch nach? Und wenn nicht, wird sich ein anderer Weg finden!

Schon wieder eine Woche vorbei. Ich komme gerade von meiner Dokki. Sie hat die Behandlung abgebrochen. Gestern ging es mir wirklich ziemlich schlecht. Die Dokki sagte, ich habe gerade wieder einen akuten Schub – und das trotz Interferon! Ich habe eine Antibiotika-Spritze und einen Schmerzpieks gekriegt. Dadurch geht es mir momentan richtig toll. Habe gerade eine ganze große Dose auf ein Mal aufgefuttert – tut nämlich jetzt gerade nix weh. Momentan sitze ich bei der Dosi auf dem Schoß und haue kräftig mit in die Tastatur. Die Dosi tut so, als ob sie sich ärgert, weil sie immer wieder korrigieren muss. Jetzt geh ich mal über den Schreibtisch, mal sehen, was ich so runterkicken kann. Oder ich lege mich unter die warme Lampe – Sonnenbank tut gut. Ich kriege also die nächsten acht Tage noch Antibiotika von der Dosi verabreicht, danach muss ich wieder in die Klinik. Dann gibt's wahrscheinlich ´ne Cortisondröhnung. Und dann sehen wir mal weiter.

Ich sitze immer noch neben der Dosi und putze mich. Habe ich schon ganz lange nicht mehr getan. Jetzt beiße ich mich sogar mit meinem zahnlosen Kiefer ins Bein. Muss ja alles tiefenrein werden. Ihr seht also, dass es mir sooo schlecht nicht geht. Ich führe ein ziemlich normales Leben und werde etwas mehr betüddelt als die anderen. Das gefällt mir gut. Ich gebe allerdings zu, mittlerweile etwas verwöhnt zu sein. Die Dosi erzählt uns immer, wenn sie von der Katzenhilfe kommt, wie gut es uns vollgefressenem Pack doch geht. Wir haben strahlende Augen, glänzendes Fell, keine dreckigen Füße oder Ohren und sind wohl gerundet. Ich habe aber auch wirklich Glück gehabt! Falls ich damals überlebt hätte, was ich bezweifle, würde ich heute auf einem abgetakelten Bauernhof mit anderen Streunern im Dreck leben und wohl

schreckliche Schmerzen im Mäulchen haben.
Wo ich doch ein so reinliches Kerlchen bin!

Der rote Zottel

Ich hoffe, ich kann alles an einem Stück aufschreiben, denn ich habe wohl die Frühjahrsmüdigkeit und schlafe manchmal schon im Sitzen ein. Aber immerhin brauche ich keine Angst mehr zu haben, dass mich jemand im Schlaf verhaut. Der böse rote Zottel ist nämlich weg! Gott sei Dank! Allerdings ist er wiederum auch nicht so richtig weg oder über die Regenbogenbrücke gegangen, sondern er ärgert jetzt andere Katzen. Und das kam so: Der Zottel kam ja regelmäßig zum Essen und verschwand dann wieder, wer weiß wohin. Die Dosi konnte ihm nur bis zur Hausecke nachkucken. Aber die Nachbarin, die mit dem schrecklichen, herzkranken Hund Erik, hat bessere Augen als die blinde Dosi und oft beobachtet, dass der Zottel über die Straße rennt und dann einige Häuser weiter in einen Keller springt. Die Dosi hat also einfach mal bei dem Haus geklingelt, und wer öffnete da? Genau: Der rote Zottel! Auf dem Rücken liegend, alle Viere von sich gestreckt und selig grunzend im Arm eines Opas. Der Dosi stand der Mund offen. Es stellte sich heraus, dass der Zottel natürlich nicht Zottel heißt, sondern Bällchen, und dass er auch nicht wild ist, sondern ausgesprochen zahm! Jedenfalls zuhause. Bei uns konnte die Dosi ihn ja noch nicht mal streicheln, ohne gleich eine versetzt zu kriegen! Und bei dem Opa im Haus durfte sie ihm sogar den Bauch kraulen! Der wilde rote Zottel war also lediglich ein Freigänger und man hatte sich schon gefragt, wieso er nie sein Trockenfutter anrührt – das fressen immer andere Hofkatzen in seinem Keller, wo die Fütterung stattfindet. Wie entwürdigend! Kein Wunder, dass er flieht! Laut Tierarzt sollte der Zottel ein Mädchen werden und wurde daher Bella getauft, aber dann ist er doch zum Jungen mutiert und heißt deshalb jetzt Bällchen. Obwohl ich „roter Zottel" ja passender finde. Der Opa ist sehr froh, dass der Zottel sich anderswo so stinkig benimmt, weil dann die Gefahr nicht so furchtbar groß ist, dass er von anderen Menschen aufgesammelt wird und nicht mehr nach Hause kommt. Die Dosi gibt das zwar nicht zu, aber sie hat auch darauf spekuliert, den zu behalten. Der nette Opa hat sie dann gebeten, den Zottel nicht mehr zu füttern. Wir haben hin- und her überlegt, wie das machbar sein könnte. Schließlich hat mein Dosi-Mann gesagt, dass er eine neue Katzenklappe einbaut. Die alte Klappe war nämlich vor einem Jahr in Stücke gebrochen, als das Möhrchen und die wilde Nummer 2 sich heftig verkloppt haben. Danach hatten wir nur noch ein Loch in den Glasbausteinen und mussten keine Klappe mehr anstupsen. Unser Dosi-Mann hat also eine neue Klappe eingebaut, und wisst Ihr was? Der doofe rote Zottel kapiert nicht, wie man da durchgeht! Juhu! Ist das nicht schön? Doof wie Stroh ist der! Halt so ein Schlägertyp, der nix in der Birne hat. Wir anderen haben das natürlich sofort verstanden. Wir haben ja noch eine

46

andere Katzenklappe, durch die wir zur Terrasse gehen. Also den wären wir schon mal los. Hoffentlich … Denn in unseren Näpfen fehlt seit einiger Zeit morgens immer so viel Trockenfutter, das kann eigentlich nur wieder der gefräßige Zottel sein …

Svennie Oberschlau

Die ersten zwei Wochen nach dem Abbruch der Interferonbehandlung ging es mir sehr schlecht. Ich durfte unmittelbar nach dem Absetzen erst mal kein Cortison kriegen. Da aber das Interferon nicht geholfen hat und mein Zustand sowieso schon mies war, waren die zwei Wochen wirklich übel. Die Dosi hat in dieser Zeit ganz tolles hochwertiges Futter und Hähnchenbrustfilets angeschleppt und püriert. Ich finde, das sollte ich auch ruhig weiterhin bekommen. Das andere ist dagegen zur Zeit etwas bäh, und ich weigere mich so gut es geht, das zu essen. Aber manchmal habe ich halt großen Hunger. Ich gehe auch oft nachts an die Näpfe, und zwar an die mit dem Trockenfutter. Das kann ich nämlich auch gut schlucken, aber das darf die Dosi nicht wissen, sonst kriege ich kein Frischfutter mehr. Dummerweise bin ich jetzt aber erwischt worden. Es war Abend, ich hatte furchtbar Kohldampf, weil ich vorher das Dosenfutter nicht fressen wollte und bin zum Napf geschlichen. Die Dosi saß auf der Couch und kuckte bunte Bilder in dem großen Kasten an. Also fing ich an zu futtern, ganz leise und vorsichtig, damit die nichts hört. Von Dosis Couch kann man sehen, was wir da unten an den Näpfen so treiben. Und tatsächlich, plötzlich dreht die sich um und sieht mich schluckend vor dem Napf. Da habe ich erstmal ertappt gekuckt und habe dann im Rückwärtsgang den Rückzug um die Ecke angetreten, da konnte sie mich nicht mehr sehen. Und was man nicht sehen kann, ist auch nicht mehr da. Ich war also nicht mehr da, dumdidum. Sie hat nichts gesagt, aber das hat bestimmt Konsequenzen für mein Futter. Mann, bin ich blöd!

Jetzt hätte ich noch fast die Maus vergessen!!! Das war genauso blöd! Ich habe nämlich eine Monstermaus gefangen! Die Dosi ruhte nach dem Mittagessen auf ihrem Bett und sah aus den Augenwinkeln, wie ich mit besagter Maus im Maul am Schlafzimmer-fenster vorbeitrabte. Die Maus hing an jeder Seite gut fünf Zentimeter aus meiner Schnute raus. Die Dosi überlegte im Halbschlaf, ob das nicht sogar eine Ratte sei und dass sie dann gleich wieder totes Mäusegetier entsorgen muss. Aber als sie aufstand, war da keine tote Maus, sondern der Dosi-Mann, der auf Niere und Schwänzchen zeigte und ihr erklärte, dass ICH die Maus gefressen habe. Habe ich nämlich wirklich – immer schön von außen nach innen, bis alles weg war! Frag mich keiner, wie ich das mit den Knochen gemacht habe! Jedenfalls war die Maus bis auf die Bäh-Teile eliminiert. Die Dosi war stark irritiert und hat mich mit hochgezogenen Augenbrauen angekuckt. Um meinen aaarmer kleiner kranker Kater-Status zu erhalten, sollte ich meine Mäuse vielleicht demnächst lieber draußen fressen…. Aber ich war so stolz darauf, das musste ich einfach zeigen!

Viel Unsinn habe ich auch wieder gemacht. Zum Beispiel habe ich den Dickes immer die Katzentreppe rauf und runtergejagt. Der ist ja wirklich viiieeel zu dick und müsste dringend abnehmen. So kommt er wenigstens ein bisschen in Wallung. Die Katzentreppe hat mein Dosi-Mann vor einigen Jahren selber gebaut. Sie ist ca. fünf Meter hoch mit acht Springbrettern, führt ins Schlafzimmer und über das Dach zu unserer Katzenklappe. Durch eine Knöterich-Schlingpflanze ist sie ziemlich zugewachsen. Es macht unheimlich Spaß, sich mit Matschfüßen auf dem neu bezogenen Bett zu verewigen, aber das ist eine andere Geschichte. Die Katzentreppe ist eigentlich sehr stabil, aber weil der Dickes so dick ist, ist doch tatsächlich ein Brett abgebrochen! Dickes wollte gerade runter und ist dann mitsamt dem Brett in das Knöterich-Geflecht geflogen und im Blumenbeet gelandet. Er war ganz verstört. Das Schlimme war, dass ich nun nicht mehr rauf konnte, weil ich doch so aaarm und klein und krank bin und solche dollen Sprünge nicht kann bzw. die Dosi glaubt, dass ich solche Sprünge nicht kann. Deshalb habe ich ihn erstmal verhauen. War diesmal ganz einfach, weil er sowieso durch den Sturz etwas verwirrt war. An diesem Tag ist er dann auch noch im Rascheltunnel stecken geblieben, in einem Nebenausgang hat er sich eingeklemmt und kam nicht vorwärts und nicht rückwärts. Er hat mit dem Teil gekämpft und geschimpft, aber das hat nichts genutzt. Die Dosi musste ihn dann befreien. Sie hat sich kaputtgelacht, und dem Dickes war das furchtbar peinlich. Abends hat er noch mal versucht, durch das Loch zu kommen. Allerdings hatte er das Abendessen schon intus und war natürlich noch kugeliger. Aber er wollte der Dosi unbedingt beweisen, dass er da durchkommt. Kam er leider nicht, und Dosi musste wieder eingreifen. Sie hat zu ihm gesagt, er sehe aus wie ein Mops. Der Dickes hat sich daraufhin verzogen und am nächsten Morgen auf das Frühstück verzichtet. Ich hoffe, er hungert jetzt so lange, bis er da durch klettern kann. So rundlich passt er optisch auch nicht zu uns, wir sind sonst alle sehr durchtrainiert. Na gut, ich im Rahmen meiner Möglichkeiten. Als aaarmer kleiner kranker Zwerg darf man nicht zu viel können, sonst ist man ruckzuck kein aaarmer kleiner kranker Zwerg mehr, sondern eine gerissene Kröte. Nee, dann doch lieber Zwerg.

Die fiesen Medikamente

Antibiotika! Ich hasse das Zeug, es schmeckt ekelhaft! Ich will es nicht schlucken! Nein, nein, nein! Die Dosi versteckt es in Leberwurst, in Thunfisch, in leckerem Dosenfutter, in Käse und meint, ich merke das nicht, aber ich habe es bisher noch immer gerochen und mich geweigert zu fressen. Auch aus der Spritze in meinem Mund habe ich es nicht zugelassen. In diesem Fall ist meine Zahnlosigkeit ein großer Vorteil! Ich presse einfach die Kiefer zusammen und der ganze Mist gitscht wieder zur Seite raus. Sind ja keine Zähne da, die die Pampe aufhalten könnten. Ich war danach zwar immer völlig verschmiert, aber das musste ich in Kauf nehmen. Schließlich hat sie wieder Hähnchenbrustfilet angeschleppt. Ich mag nur rohes Fleisch oder Hähnchen aus der Pommesbude, wenn die Dosi mit isst. Die Dosi die Haut und ich das Fleisch. Sie hat das Filet also in winzig kleine Stückchen geschnitten.

Ich habe gefressen bis kurz vor dem Umfallen, so gut hat das geschmeckt. In meiner Gier, alles so schnell wie möglich in mich reinzuschaufeln, habe ich auch nicht gemerkt, dass zwei Stückchen mit Antibiotika paniert waren. Vielmehr habe ich es leider zu spät entdeckt, nämlich, als es gerade schon meinen Hals herunterrutschte. Mittlerweile hat die Dosi sich das Zeug in Spritzen besorgt. Eine habe ich schon gekriegt, bei der zweiten Spritze am übernächsten Tag bin ich weggelaufen, als es piekte. Wenn ich in der Tierklinik lieb bin, muss ich das zuhause ja nicht unbedingt auch sein, pah! Jetzt läuft die Dosi mit dem Wenn-ich-dich-kriege-gibt's-eine-Spritze-Blick durch die Gegend und ich verstecke mich, so gut es geht. Und denke an den Opi – der ist auch ganz alt geworden ohne Spritzen.

Opi von der Katzenhilfe

Der Opi, der ist echt interessant. Opi ist Asbach Uralt, mindestens aber 22 Jahre, so lange ließ sich seine Geschichte mittlerweile zurückverfolgen. Opi lebt seit fünf Jahren bei der Katzenhilfe. Er sollte eingeschläfert werden, weil er FIV hat und einen schrecklichen Durchfall, der nicht medikamentös einzustellen war. Aber meine Tante Johanna hatte kein Problem mit Durchfällen und hat ihn aufgenommen. Über Monate hinweg sind alle Futtersorten an ihm getestet worden. Bei Hundefutter hörte der Durchfall auf! Das kriegt er mit Zusätzen jetzt schon geraume Zeit, und er hat keinen Dünnschiß mehr!!! Alles könnte prima sein, wenn Opi mit seiner Lebenserfahrung nicht so clever wäre. Er will nämlich unbedingt auch Katzenfutter fressen! Verständlich, ne? Gemeinerweise lebt er im Küchenbereich, wo auch das Fresschen für die anderen vorbereitet wird. Im Laufe der Zeit hat er eine ausgeklügelte

Technik entwickelt, um an Bröckchen zu kommen. Man darf sich noch nicht mal zum Mülleimer umdrehen, schon ist er auf der Arbeitsplatte und der halbe Napf ist leer. Leere Schälchen oder Dosen darf man auch nicht liegenlassen, die werden gnadenlos ausgelutscht. Wenn man gebrauchte Näpfe zum Spülen reinbringt, muss man sofort die Reste in den Mülleimer werfen. Und den Mülleimer zumachen. Sonst holt er sich die da raus. Die Näpfe müssen sofort ins Spülwasser gesetzt werden. Wenn sie gespült sind, sucht er sie auch noch mal nach Resten ab. Als die Dosi zum ersten Mal das Frühstück bei der Katzenhilfe zubereitet hat, machte sie einen großen Fehler. Sie hat das Spülwasser mit den Näpfen drin mit dem Opi alleine gelassen. Als sie nach einigen Stunden wiederkam, wunderte sie sich, wo das Spülwasser abgeblieben war und warum so gar keine Futterreste in der Spüle waren, hat aber dann noch mal gespült und ist nach Hause gegangen. Am nächsten Tag war Opi krank. Er hatte den ganzen Nachmittag und die Nacht gekotzt – Spülwasser, was sonst? Da hat Tante Johanna der Dosi erklärt, dass man selbst das Spülwasser nicht alleine lassen dürfe. Bisher hatte er sich immer mit den Füßen die Reste rausgefischt, aber jetzt hatte er sich offenbar überlegt, dass das Trockenlegen einfacher wäre. Das ist also der Opi.

Die nächste Krankheit

Nach dem Absetzen des Interferons fing die Cortison-Behandlung wieder an. Ich glaube schon, dass die Interferon-Behandlung letztlich doch etwas gebracht hat, denn ich brauchte im Vergleich zu vorher nur noch ganz wenig Cortison. Eine ganze Zeitlang ging es mir richtig gut. Ich konnte mich ganz darauf konzentrieren, meine Mitkatzen zu nötigen, meine Haare auf den Kopfkissen zu verteilen und meine Krallen in den schönen Schwingsessel zu hauen, bis alles in Fetzen runter hing.

Dann allerdings kriegte ich einen hässlichen Nickhautvorfall, und keiner wusste, warum. Die Dosi hat gedacht, ich habe Würmer! Iiih so was! Wurmtablette igitt und zwei Wochen gewartet. Nix tat sich. Ich war aber auch nicht unfit oder so. Nach vierzehn Tagen musste ich wieder zu meiner Frau Lieblingsdoktor und wurde innerlich auf den Kopf gestellt. Mit dem Ergebnis, dass ich eigentlich kerngesund bin. Ich wäre der dummen Kuh am liebsten ins Gesicht gesprungen, denn mir persönlich geht es natürlich wesentlich besser, wenn die Diagnose aaarmer kleiner kranker Zwerg und nix gesund lautet. Ich habe dann nochmals eine Entwurmungsspritze gegen den Fuchsbandwurm gekriegt, der mit den üblichen Mitteln nicht zu erreichen ist. Also wieder zwei Wochen warten - nichts. Dann hat die Dosi mich geschnappt und mich zentimeterweise abgetastet und gedrückt, um zu sehen, wo evtl. was weh tut. Und siehe da, sie fand ein großes Loch im Rücken, allerdings von meinen etwas längeren Haaren überdeckt. Durchmesser drei Zentimeter. Außerdem konnte man einen inneren Kanal ertasten. Dann sagte Dosis Nachbarin auch noch, das kenne sie, das sei eine Schuss-verletzung. Also wieder mal ab in den Korb und raus zur Klinik - es war natürlich wieder Wochenende, aber meine Dokki hatte Dienst und rückte mir im wahrsten Sinne des

60

Wortes auf die Pelle. Als Erstes hat sie mal eine Schussverletzung ausgeschlossen. Das Loch sei offenbar durch eine Bißverletzung entstanden, meinte sie. Ich muss mich heftig gekloppt haben. Komisch nur, dass ich mich daran überhaupt gar nicht erinnern kann. Iiich? Mich prügeln? Niemals!!! Das muss auch schon einige Wochen vorher gewesen sein, denn das Loch war nicht frisch. Ganz im Gegenteil. Die Oberhaut ließ sich verschieben, darunter war es auf einer Fläche von 4x4 cm eitrig und das Gewebe teilweise abgestorben. Jetzt muss ich mich mal loben: Ich habe meine Dokki das ganze Zeugs rausmachen lassen – ohne Narkose! Und dann hat sie es auch noch genäht! Sie hat über eine Stunde gebraucht, aber sie hat es geschafft. Ich habe mich schlafend gestellt. Wenn ich die Augen schließe, sehe ich nichts und bin demzufolge auch nicht da – ganz einfach. Und mein Schmerzempfinden ist ja sowieso stark herabgesetzt. Jedenfalls porkelte sie in der Wunde rum, bis alles weg war. Mann, war ich tapfer! Leider bin ich seitdem optisch etwas gehandicapt. Ich habe einen großen, kahlen, abrasierten Fleck bzw. Ring auf der Seite. Um die Nahtstelle sind die Haare schon wieder gewachsen. Der Rest aber leider noch nicht, nur so ein paar Stoppeln. Es hat irgendwie etwas von einem Kornkreis. Sehr merkwürdig, denn das ist mittlerweile schon einige Monate her. Na, hoffentlich wachsen die überhaupt noch nach! Ich bin zwar krank, aber ich will nicht auch noch hässlich sein! Die Dosi hat mich schon gehänselt und gesagt, demnächst kippe sie Blumendünger drüber.

Der Nickhautvorfall ist innerhalb von einigen Tagen verschwunden gewesen. Mir ging es ganz gut, abgesehen von meinem geröteten Mäulchen trotz kürzlicher Cortisonspritze. Einige Wochen später hatte ich schon wieder so ein Loch im Rücken, das aber wie beim letzten Mal auch gar nicht so sehr nach Bißverletzung aussah. Und dann kam der Schock für uns alle: Nach einigen nicht so schönen Untersuchungen und einer Biopsie diagnostizierte die Dokki ein Eosinophiles Granulom. Das ist wie das Calici-Virus auch eine Autoimmunerkrankung, das fiese kleine entzündliche Löcher in die Haut macht, um es mal vereinfacht zu sagen. Und ein Blick in meine Schnute brachte auch nix Gutes: Durch diesen Schub war auch die alte Sache wieder voll aufgeblüht. Ich hab ja nur noch vier Eckzähne, aber dort geht das Zahnfleisch bereits zurück und ist völlig entzündet. Ich werde mich darauf einstellen müssen, dass demnächst mein oberer linker Eckzahn raus muss. Dann habe ich nur noch drei Zähne. Und dabei bin ich doch erst drei Jahre alt!

Was wir jetzt genau machen, wissen wir noch nicht. Bleibt wohl nur Cortison, auch wenn die Abstände leider immer kürzer werden. Alternative Mittel hat die Dosi alle schon an mir ausprobiert – ohne Wirkung. Mittlerweile habe ich auch telepathische Fähigkeiten entwickelt. Ich weiß ganz genau, wann in der

Leberwurst eine Pille drin ist und wann ich sie gefahrlos essen kann. So bin ich in Sachen Tabletteneingabe ein kleines bisschen kompliziert geworden, wie ich ja auch vorhin schon erwähnt habe. Auch aufgelöst in Flüssigkeit oder Paste will ich nix schlucken. Wenn das Zeug mit der Spritze in meinen Mundbereich kommt, praktiziere ich meine altbekannte und bewährte Knetschtechnik. Dafür ist es außerordentlich praktisch, keine Zähne zu haben. Nur gegen die Cortison-Spritze kann ich mich nicht wehren. Ich kriege jetzt alle drei Wochen eine, aber sie schlägt nicht mehr so gut an wie früher.

Alles in allem bin ich aber trotz der Erkrankung ziemlich fit. Die Dosi sagt immer, solange ich mich noch mit meinen Kollegen kloppen kann, kann es noch nicht so schlimm sein. Und zu kloppen gibt's hier reichlich.

Die Neuen in der Familie

Es hat einige Veränderungen in unserem Bestand gegeben. Die Dosi hat einen Big Mäc aus der Katzenhilfe angeschleppt, ein riesiges weißes Monster mit roten Flecken und Bernstein-Augen. Der war da sooo unglücklich, da konnte sie nicht widerstehen. Mein Dosi-Mann nennt den Big Mäc „großer weißer Vogel", was wohl soviel wie dumme Gans heißen soll. Er hat nämlich die Weisheit nicht gerade mit Löffeln gefressen. Der Big Mäc. Das war aber noch ganz ok. Und dann ist plötzlich Kollege Bommel nach fast vierjähriger Abwesenheit wieder eingezogen. Der ist damals auf Wanderschaft gegangen und ist in unserem Dorf quasi von Nachbar zu Nachbar gezogen. Die Dosi hat ihn immer mal gesehen, dick und vollgefressen. Dem ging es immer gut, der stand ausgezeichnet im Futter. Tja, und jetzt ist der fette Kerl wieder bei uns eingezogen, ganz dreist. Er mag uns alle nicht leiden und knurrt wie ein

Hund. Ich glaube, der kann gar nicht maunzen! Jedenfalls machen wir alle einen großen Bogen um ihn. Und dann hat sich auch noch Nachbarkater Joschi von der Bordsteinkante bei uns häuslich niedergelassen. Die Dosi hat ihn x-mal zu seinem Zuhause zurückgeschleppt, aber der ist wie ein Steh-auf-Männchen und kommt stur immer wieder zu uns rein. Und da wir Katzenklappen haben, können wir ihn auch nicht einfach ausschließen. Na ja, mal ganz ehrlich: bei dem Zuhause würde ich auch abhauen. Zumal es die Besitzer nicht die Bohne interessiert, wo er ist. Er war noch nicht mal kastriert, als er bei uns aufgetaucht ist. Und letztendlich haben seine Besitzer ihn auch noch beim Umzug „vergessen"! Einfach in der Wohnung gelassen, abgeschlossen und weggefahren! So kommt es, dass wir mittlerweile sieben Kater sind. Das sind zu viele, und das weiß die Dosi auch. Aber wen sollte sie denn abgeben und wohin? Die kann sich doch von keinem von uns trennen. Also müssen wir uns intern um die Rangfolge kümmern, was öfter zu Prügeleien und Markierungsattacken, igitt, führt. Dosi hat schon angedroht, dass sie uns bei den ersten Sonnenstrahlen alle rauswirft und die Katzenklappen zumauert. Wir dürfen uns nur wieder blicken lassen, wenn es doll regnet. Insgesamt sind wir jetzt ein ganz schön großer Katerhaufen: Ich, der Dickes, das Möhrchen, der Big Mäc, der Katjes, der Bommel und Joschi von der Bordsteinkante.

Die böse Wasserschlange

Warum ich eigentlich Glückspilz heiße, weiß ich momentan nicht so genau. Ich finde, ich habe nur noch Pech! Immer komme ich mit diesem widerlichen Wasser in Kontakt! Ich mag es einfach nicht, wenn es nass ist! Dafür liege ich gerne gegen Abend im Schatten auf der Terrasse rum und warte, bis die Dosi mit dem Blumengießen anfängt. Dann setze ich mich auf den Tisch, kucke zu und freue mich, dass ich nichts von dem Wasser abkriege. Ja Pustekuchen!

Bei uns werden die Blumen mit einem Schlauch begossen. Weil die Dosi zu faul ist, ständig in den Keller zu rennen und den Wasserhahn auf- und zuzumachen, lässt sie das Wasser immer an. Das Spray-Ventil am Schlauch stoppt das Wasser schließlich auch, sagt sie. So ist aber immer Wasser im Schlauch. An einem brüllend heißen Tag kam er mir eigenartig vor, der Schlauch. Er war an einigen Stellen so dick geworden und die

68

Außenhülle war abgegangen. Er sah aus wie eine vollgefressene Schlange, die sich häutet. Die Dosi rollt den Schlauch ja auch nicht auf, neinnein, der liegt da irgendwo in der prallen Sonne rum und schlängelt sich. Den ganzen Tag habe ich ihn beobachtet. Er wurde an einer Stelle immer noch dicker und ich habe mich ganz interessiert gefragt, was wohl passieren wird. Nach dem Abendessen wollte ich einen kleinen Spaziergang machen und lief an dem Schlauch vorbei in Richtung Treppe, als es „Pschschsch" machte. Ich habe einen fetten Schwall Wasser auf meinen armen Pelz bekommen und mich so erschrocken, dass ich noch nicht mal flüchten konnte! Einen Meter bin ich aus dem Stand hochgesprungen und habe gekreischt und als ich wieder runter kam, war das ekelige Wasser immer noch da! Es sprühte überall hin, in alle Richtungen! Ich wusste nicht wohin, also bin ich reingerannt ins Haus und dann auch noch mit meinen tropfnassen Füßen immer wieder auf dem glatten Boden ausgerutscht! Die Dosi kuckte mich etwas entgeistert an und rannte dann wie von einer Tarantel gestochen in den Keller zum Wasserabstellen. Da war doch tatsächlich der Wasserschlauch durch die Hitze geplatzt! Sowas haben wir alle noch nie erlebt! Jedenfalls wurde ich danach mit einem großen weichen Badetuch kräftig abgerubbelt und ausgiebig bemitleidet. Das hat mir sehr gut gefallen. Dafür ignorierte ich auch die Bemerkung, dass ich ein kleines Schmuddelkind bin und es sowieso mal nötig hatte...

Einige Tage lang war ich sehr vorsichtig. Dann beschloss ich, meinen Aktionsradius künftig etwas zu vergrößern, denn in Reichweite der Dosi passieren oft so merkwürdige Dinge. Also bin ich zu den Pferden in der Nachbarschaft gegangen und habe dort einen wunderschönen Tag verbracht. Gegen Abend fing es an zu tröpfeln. Ach, dachte ich, das schaffste noch, und bin losgelaufen. Doch dann ging plötzlich der Himmel auf, und schon wieder war ich pladdernaß und wäre beinahe auch noch ertrunken! Ich wollte unbedingt nach Hause und musste über die Straße. Da waren aber mittlerweile die Abflüsse verstopft und die Straße stand teilweise unter Wasser. Es war sooo schrecklich, ich aaarmer aaarmer kleiner Kater! Die Dosi hat hinterher erzählt, es wäre pro Quadratmeter 50 Liter Wasser runtergekommen! Da kann man sich ja leicht ausrechnen, wie viel ich abbekommen habe. Ich bin mit Schwanz ca. 50 Zentimeter lang, also einen halben Quadratmeter, das ergibt schon mal 25 Liter. Allerdings bin ich höchstens 20 Zentimeter breit, also der Quadratmeter geteilt durch fünf. Das ergibt dann fünf Liter, die permanent über mir ausgekippt wurden! Ist das nicht schrecklich? Vielleicht habe ich mich ja sogar verrechnet und es waren 25 Liter für die Länge und fünf Liter für meine Breite? Das wäre ja noch viel mehr! Hach, mit Mathematik hatte ich es noch nie! Ist auch egal, jedenfalls war ich schon wieder völlig durchnässt. Mir hat es gereicht, kann ich Euch sagen!

Dafür habe ich mir aber im Wintergarten einen neuen Lieblingsplatz geschaffen. Unser Wintergarten hat im Sommer einen Frischluft-Schlitz. Den habe ich rein zufällig beim Spazierengehen über das nebenliegende Schieferdach entdeckt. Die Dosi hat im Sommer immer Stoffbahnen an Seilen als Sonnenschutz unter dem Glasdach, und genau zwischen Glas und Stoff habe ich, der liebe Svennie, mich eingenistet. Oft penne ich dort den ganzen Tag. Erst hat das niemand entdeckt und ich hatte meine Ruhe. Dann hat sich aber eine große Beule gebildet, weil der Stoff nachgab. Quasi wie eine sehr ausge-leierte Hängematte. Ich weiß ganz genau, dass die Dosi immer im Wintergarten rumschleicht und nur darauf wartet, dass die Konstruktion abreißt und ich in den darunter stehenden Ficusbaum abstürze. Naja, vielleicht verstärkt mein Dosi-Mann auch vorher die Streben, sonst geht nachher noch der Baum kaputt, wenn ich da reinfalle. Und ich ginge womöglich auch kaputt, wie schrecklich! Und Mitleid hätte ich auch keins zu erwarten, die Dosi würde sagen, dass mir so ein kleiner Schock nur gut tun würde!

Die Krankheit schreitet fort

Mein Zustand ist ziemlich veränderlich. Kaum denkt man, man ist gesund, ist man schon wieder krank! Zwischenzeitlich fiel mir nämlich ein Büschel Haare zwischen den Schulterblättern aus, einfach so. Erst hatte ich nur einen Kratzer auf der Haut, dann war es eine klitzekleine Wunde, dann platzte plötzlich die Haut auf, von einem Moment auf den anderen, ohne dass ich was getan habe. Ich hab mich nicht geschlagen, eeehrlich! Es entstand ein Loch, aus dem das Zeugs nur so rausquoll; ich brauchte mich nur zu bewegen. Igittigittigitt! Die Dosi hat dauernd an mir rumgedrückt. Die Kollegin von der Dosi wollte mal kucken und ist fast ohnmächtig geworden, als sie gesehen hat, welche Mengen da rauskamen. Von außen war das Loch ganz klein, noch nicht mal ein Zentimeter im Durchmesser. "Unterirdisch" war großflächig alles vereitert, und das Gewebe war abgestorben. Ich habe eine riesige Spritze mit

Antibiotika-Paste in die Wunde gespritzt gekriegt, und es ging alles rein!!! Zu Hause hat die Dosi angefangen, das nekrotische Gewebe aus mir herauszuziehen wie Geschenkband aus dem Inneren einer Rolle. Das war alles miteinander verbunden und am Stück. Ich selber fand das alles gar nicht so schlimm. Tat gar nicht weh. Nur dieses blöde Rumgedrücke und das „ach du aaarmes Kätzchen" war nervtötend. Es schien der Dosi anscheinend ziemlich schnell gelungen zu sein, das ganze abgestorbene Zeugs aus mir zu entfernen, denn das Loch wuchs plötzlich rasant zu. Ich kam in eine meiner sogenannten guten Phasen. Mir ging es ganz prima und auch die Haare sprossen wie wild. Leider stimmte die Geninformation aber nicht mehr so ganz. Jetzt habe ich einen kurzen schmalen Streifen weiß auf dem Rücken. Unauffällig, aber er ist da. Naja, vielleicht für den Winter, damit ich leuchte, wenn ich über die Straße gehe.

Mein Rachen ist nicht mehr ganz so schlimm, seit ich meine Homöo-Tabletten nehme. Wobei „ganz-so-schlimm" ziemlich relativ ist. Mein Kollege Leo von der Katzenhilfe, der es viel weniger schlimm hat, hat unlängst das Futtern eingestellt und jammert ohne Cortison nur rum. Aber ich bin ja hart im Nehmen. Dafür kriege ich vermehrt diese großen offenen Geschwüre auf der Zunge, die sind noch viel schlimmer! Die tun vielleicht weh! Meine Frau Lieblingsdoktor hat ein neues Serum aus den USA mitgebracht, das soll ich jetzt bekommen. Das Serum ist eine Art Impfstoff. Man kann es nur geben, wenn die Katze sich gerade in einer guten Phase befindet und möglichst nichts entzündet ist. Durch die Calici-Lebendviren soll das Immunsystem angeregt werden, endlich mal was zu tun. Meine Dokki sagt, das könnte funktionieren. Aber das Problem ist, dass ich keine guten Phasen ohne Entzündungen mehr habe!

Mein geheimes Pillen-Lager

Die Dosi hat meinen Pillenvorrat gefunden. Das ist ganz schlecht. Neulich hat sie mal richtig saubergemacht. Ist aber jetzt auch schon wieder mehrere Monate her. Mein Tablettenlager befand sich hinter der Couch in einer Ecke. Cortisonpillen, eine Milbemax, Antibiotika und teilweise ziemlich aufgelöste Reste von irgendwas. Ich hasse Pillen. Fast so wie Fotografieren. Alles, was sich nach Pille anfühlt, spucke ich wieder aus. Selbst kleine Globuli. Und weil die Dosi mich beobachtet, muss ich das eben hinter die Couch spucken. In flüssiger Form ist bei mir auch nichts zu machen, ich hab ja keine Zähne und knetsche alles sofort seitlich wieder raus, hehe. Leider kann ich der Dosi, was das Essen betrifft, nicht mehr vertrauen. Überall könnte was drin sein. Ich traue quasi nur der Büchse, die unter meinen Blicken vom Öffnen unmittelbar zu meinem Teller kommt oder dem Fleisch, das die Dosi irgendwo abschneidet, wie

Putengeschnetzeltes, und mir sofort gibt. Ich fresse nix mehr, von dem ich nicht weiß, wo es herkommt und wo was druntergemengt sein könnte, seufz. Meine große Klappe ist zwar entzündet, aber mein Geruchssinn funktioniert!

Doohoosiiiiee! Aua aua!

Ach sieh mal an, darauf reagiert sie tatsächlich noch. Soso. Aber ich bin auch wirklich sehr krank heute. Empfindliche Naturen
hätten mit dem Rettungswagen abtranspor-
tiert werden müssen, so schlimm! Dabei fing
alles mal wieder so schön an: Die Dosi und die
Dokki standen wieder zusammen und
tuschelten. Anfangs habe ich immer gedacht,
es ginge nur um mich, aber mit der Zeit habe
ich spitzgekriegt, dass die sich auch über
Flohmärkte, Frisöre und Männer unterhalten.
Wenn es mir zu blöd wird und ich zu lange
warten muss, renne ich einmal quer durchs
Behandlungszimmer, werfe möglichst eine
Flasche Desinfektionsspray runter und was
da noch so auf den Arbeitsplatten liegt und
fege Blätter vom Schreibtisch. Dann gehe ich
wieder in mein Körbchen und warte weiter.
Manchmal glaube ich, die merken das vor
lauter Gelaber noch nicht mal! Aber diesmal
ging es um mein Cortison. Keiner will mir mehr

Cortison geben, und ich kriege es trotzdem. Ist doch merkwürdig. Jedenfalls hat meine Dokki eine Zylexis-Kur vorgeschlagen. Das ist so ein schwieriges Wort, dass ich einfach mal Hexenkur dazu sage. Die Hexenkur ist ein Immunmodulator. Da meine Krankheit keine echte Autoimmunerkrankung ist, kann man das versuchen, sagt meine Dokki. Also rein mit der Hexenkur in meinen Hintern. Dasselbe an Tag zwei und noch mal an Tag neun. Danach zwei Wochen Ruhe und alles noch mal von vorne. Dazu durfte ich studieren gehen. Ich habe an einer Studie über ein Langzeitantibiotikum teilgenommen. Das ist ganz neu und hält mit ein Mal Spritzen zwei Wochen an. Ach was ging es mir gut! Mehrere Wochen war alles supertoll und alle haben sich gefreut, dass die vielen Entzündungsherde etwas zurückgegangen sind und die Hexenkur so gut angeschlagen hat! Und dann hat es plötzlich Bumm gemacht und ich bin wieder der aaarme kleine kranke Svennie. Das böse Calici-Virus in meinem Rachen hat sich überraschenderweise etwas beruhigt. Der Hals ist momentan „nur" mäßig entzündet. Dafür hat sich das Virus auf meiner Zunge niedergelassen. Erst war die Zungenspitze einfach nur rot. Dann haben sich kleine Bläschen gebildet, die sind explodiert und zu fiesen Geschwüren auf der Zunge geworden. Schon mal Herpes gehabt? Dann weißt Du ja, wie das ist … Das Schlimmste ist, dass der Katjes mich beißt, und ich kann mit meinen übrig gebliebenen vier Eckzähnen nicht zurückbeißen. Das tut soooo weeeeh! Das heißt natürlich auch, dass die Dosi das Essen gut vorkauen muss, z. B. leckere Putenbrust, die kann ich dann auch zu mir nehmen. Mit käuflichem Katzenfutter sieht das natürlich völlig anders aus. Neulich hat sie mich gelinkt. Da gab es zum Abendessen für mich Light Lunch Pute und Salami, igitt nee danke, das mochte ich nicht, war ja in der Schale. Sie hat das dann heimlich auf ihren eigenen Teller getan und mir am Eßtisch gegeben wie ihre vorgekauten Häppchen immer. Boah, war das lecker! Bis ich entdeckt habe, dass diese Mahlzeit eigentlich aus dem Schälchen kam. Oh wie peinlich, dumdidum. Aber ich schwöre, dass das Futter unten am Napf völlig anders schmeckt als oben bei der Dosi!

So, die Dosi fährt jetzt mit mir zu meiner Dokki in die Klinik. Sie freut sich schon, sie muss ihr unbedingt was erzählen. Die vergessen garantiert wieder die Zeit beim Labern und alle werden sauer: Ich, weil ich Hunger habe und mal muss, die anderen Ärzte, weil sie die Arbeit mitmachen müssen, die Patienten wegen der längeren Wartezeiten, die Arzthelferinnen, weil sie später nach Hause kommen. Aber da ist die Dosi völlig hemmungslos!

Ich hasse Autofahren

Meine Dosi ist ja nicht nur dusselig, die ist auch wahnsinnig. Die kann einfach nicht Auto fahren. Damit meine ich nicht, dass sie zu langsam fährt, sondern zu schnell. Jedenfalls darf man auf den 40 km bis in die Tierklinik überall nur 100 km/h fahren. Die Dosi schert sich einen Dreck drum. Sie erzählt mir auf der Autobahn, dass ich schließlich so schnell wie möglich aus dem Korb wieder raus soll. Sie hat ja Recht, ich mag nicht Autofahren. Und schon gar nicht über 100. Bei 100 bin ich noch einigermaßen ruhig. Bei 120 setze ich ein weinerliches Gemaunze auf, das sich bis 130 ins Jämmerliche steigert. Ab 140 fange ich an zu kreischen. Es ist der Dosi praktisch unmöglich, 140 zu fahren, das ist so laut im Auto, da kann die sich gar nicht mehr auf den Verkehr konzentrieren. Und bei 140 gibt's auch diese bösen Punkte. Noch schneller ist überhaupt nicht möglich, dann fange ich nämlich an, mich neben dem Gekreische gegen die Gitterstäbe zu werfen. Ich will doch nicht gefangen sein, wenn die einen Unfall baut! Deshalb kann man sagen, ich bin eine lebendige Geschwindigkeitsbegrenzung. Ich bin sehr stolz darauf. Das müsste man mal der Polizei melden. Hach, was hab ich doch für Qualitäten! Nur die dumme Dosi erkennt sie nicht an!

In der Tierklinik Teil 3

Bei meiner Dokki musste ich diesmal gar nicht lange warten. Die Leute kamen mit ihren Tieren ganz schnell wieder raus. Die Dosi wunderte sich, weil die Dokki sich sonst immer sehr viel Zeit nimmt. Dann kamen wir dran und ich musste furchtbar kichern – es hatte ihr nämlich die Sprache verschlagen! Sie konnte nicht reden, hehe! Eine verschleppte Bronchitis, mit der sie besser zum Arzt gegangen wäre. Aber sie ist ja selber Arzt ... Weil sie sonst auch immer ewig mit der Dosi quatscht, hat sie es trotzdem versucht. Diese beiden Gestalten waren ja so was von lustig! Sie hat der Dosi was entgegen geflüstert, aber die Dosi hat oft nix verstanden, denn sie ist ein bisschen schwerhörig von den lauten Windgeräuschen im Motorradsturzhelm. Bleibende Erinnerung an alte Zeiten. Wahrscheinlich sind genau die Frequenzen betroffen, die ihr entgegen geflüstert wurden. Die beiden haben also versucht zu kommunizieren, und mit der Zeit klappte das immer besser. Ich hatte mich schon drauf eingestellt, so schnell wieder raus zu sein wie die anderen, aber daraus wurde nix. Dann irgendwann, viel viel später, beachtete man auch mich. Ich wurde ganz lange schön betüddelt und geknuddelt! Ist ja doch ein ganz nettes Persönchen, meine liebe Dokki! Meine Zunge sieht leider katastrophal aus. Auf der ganzen Zunge sind entzündete Bläschen, das Essen tut mir weh. Auch wenn wir alle nicht wollen, gibt es wieder eine Cortisonspritze und das Langzeitantibiotikum, und ich habe erst mal Ruhe.

Zwei Wochen später ist der Zustand wieder so schlimm. Die Dosi sagt, ich kann nicht schon wieder Cortison kriegen, sie treibt mich damit in eine Diabetes oder so ähnlich heißt das. Das Antibiotikum hat auch so gut wie nicht gewirkt. Sie rennt im Wohnzimmer hin und her, kratzt sich am Kopf und überlegt, was sie bloß für mich tun kann außer dass ich auf ihrem Kopfkissen schlafe, den ganzen Tag in einem Tuch über ihrer Schulter hänge, sie nerve und beim Abendessen auf ihren Knien sitze. Ich liege derweil auf der Couch, rieche nicht gerade gut aus dem Mäulchen und sabbere vor mich hin. Mein Zahnfleisch ist total entzündet, von den vielen kleinen Geschwüren auf der Zunge mal ganz zu schweigen. Am besten kann ich essen, wenn die Dosi ihr Abendessen-Fleisch vorkaut und mir den Brei stückchenweise auf eine ganz bestimmte Art an den Mund hält. Dann kann ich das mit den Eckzähnen greifen, die vier habe ich ja noch, und muss es nicht nur mit der Zunge aufnehmen.

Ich aaarmer kleiner kranker Kater!

Die Dosi sucht und sucht mal wieder nach Behandlungsmöglichkeiten. Das gibt es doch nicht, dass nichts anschlägt! Jetzt geh ich erst mal pennen. Habe ein ganz tolles neues Kuschelbettchen bekommen. Es hat natürlich auch große Vorteile, wenn man so krank ist!

Die Psycho-Tussi

Neulich hatten wir einen unerfreulichen Besuch an der Haustür stehen. Es war wieder eine von Dosis Kaffee- oder Tee-Tussen. Da kommen immer mal welche, setzen sich aufs Sofa und labern mit der Dosi, klopfen uns auf den Rücken, bis es staubt, und erzählen uns was von ganz lieber Katze, während einer von uns unten an der Garderobe ihre Leder-handtasche zerkratzt. Diese Tussi war aber irgendwie anders. Sie hatte einen Block in der Hand und schrieb da rein. Dabei fixierte sie uns mit bösen Hexenblicken. Wir lagen natürlich mal wieder fast alle im Wohnzimmer rum. Bei dem Wetter kriegt man ja nasse Füße draußen, und wenn man in einen anderen Raum geht, kriegt man nicht alles mit. Da bleibt nur das Wohnzimmer. Jedenfalls war schnell klar, warum die gekommen war: Das war eine Katzen-Psycho-Spezialistin. Die Dosi hat sie gerufen, weil der Big Mäc, das Möhrchen und meine Wenigkeit gelegentlich unser Reich zu markieren pflegen und der dumme Joschi neuerdings versucht, das nachzumachen, obwohl er gar nicht weiß, was er da tut. Und weil die Dosi schon alle ihr bekannten Methoden ergebnislos bei uns ausprobiert hat, sollte diese Tante nun weiterhelfen. Als letzte Instanz sozusagen. Ich habe dem Big Mäc genau angesehen, dass er vorhatte, die doofe Tante aufs Fieseste anzupinkeln. So etwas geht natürlich nicht. Niemals beim ersten Besuch. Da muss man schon sicher sein, dass man jemanden wirklich nicht ausstehen kann. Also ist Big Mäc vor den Schrank gegangen, hat schön artig sein zittriges Schwänzchen in die Höhe gereckt und die Psycho-Tante während dieser Spritztour nett angelächelt. Leider hat er sich dabei eine volle Ladung mit der Wasserpistole von Dosi gefangen, die auf dem Wohnzimmertisch lag. Überhaupt liegen hier neuerdings überall Wassersprayer rum. Dann haben die beiden sich ein klein wenig in die Wolle gekriegt. Die Tante meinte, das

Markieren sei ein Platzproblem, die Dosi sagte, es sei ein Dominanzproblem. Na ja, Platz haben wir eigentlich genug. Katjes und Bommel sind selten da, also teilen wir zu fünft 120 qm. Wir sind ja selber schuld, dass wir alle im Wohnzimmer hocken. Wenn ich Mittag gegessen habe, laufe ich gelegentlich über die Küchenarbeitsplatte zu so einem ollen Holzkästchen, wo ich mal eben kurz gegenstrulle, damit die anderen wissen: aha, da war um 14.00 Uhr der Svennie, er hat Mittag gegessen, es gab Huhn, und hier darf ich frühestens um 16.30 Uhr wieder langlaufen. So gesehen scheint es ein Platz-Dominanz-Problem zu sein. Die Dosi will am liebsten unser Wohnzimmer mit den Bücherwänden in einen riesigen Kratzbaum umgestalten, aber davon ist unser Dosi-Mann nicht so begeistert. Zum Schluss hat die Psycho-Tussi noch geklagt, ihre eigenen Katzen ruinierten ihr die schöne Ledercouch. Da hat die Dosi ihr den Tipp mit dem doppelseitigen Klebeband gegeben. Wieso weiß denn die das

90

nicht??? Wer berät denn hier wen? Dann wollte sie viele Mäuse für eine Beratung haben, die nur ein Erfahrungsaustausch war. Jetzt weiß die Dosi, dass sie guten Gewissens weiterhin Menschen mit Problemkatzen beraten kann, auch wenn sie keine gelernte Psycho-Tussi ist.

Ich habe Zucker

Ach ja, seufz, mit meiner Gesundheit sieht es leider immer schlechter aus. Das kommt wohl mit dem Alter. Ich werde bald vier. Die Dosi sagt, ich habe Zucker. Na gut, der Joschi hat Kopf, der Dicke keinen Schwanz, dafür aber Bauch und ich eben Zucker. Die Dosi meint, das habe ich schon länger, der letzte Labortest vor sechs Wochen war falsch. Die Labormädels fanden den damals richtig, was soll man da machen?

Na jedenfalls habe ich wieder mit dem Unterkiefer geschnattert, gesabbert und mehr Wasser getrunken als die Dosi Cola. Mehr Wasser trinken als sonst muss bei uns höchst heimlich ablaufen, denn sonst werden wir sofort einkassiert und in die Klinik geschleppt. Aber versuch mal, heimlich zu trinken! Den Ehefrauen fällt es ja auch immer auf, wenn ihre Männer saufen! Also ist es auch der Dosi direkt aufgefallen und Tierarzt war wieder angesagt. Diesmal konnte meine Dokki wieder sprechen. Schade eigentlich. Das würde lange dauern. Die Dosi ist aufs Klo gegangen und ich zum Blutabnehmen. Die haben mit drei Mann versucht, mich für so ein bisschen Blut festzuhalten. Ich habe mich nach Leibeskräften gewehrt. Ich bin ganz schön stark, das war ein guter Kampf, den ich auch gewonnen habe! Als die Dosi wiederkam, schaute sie entsetzt auf die Menschenmenge über mir. Sie hat mich auf den Arm genommen, die übliche Stellung, ich kucke über ihre Schulter, und dann ist ganz normal das Blut gezapft worden. Ich hasse es wie die Pest, festgehalten zu werden! Blutabnehmen an sich ist nicht weiter schlimm.

Später waren wir zurück im Behandlungsraum und die beiden hatten mich mal wieder vergessen. Meine Dokki kramte in einer Schublade mit ganz vielen Kanülen rum. Beide sahen äußerst betrübt aus. Ich habe überlegt, ob ich zur Aufheiterung mal wieder eine schnelle Runde durchs Zimmer sprinten sollte. Dabei bemerkte ich, dass eine Tür nicht richtig geschlossen war. Das passte mir sehr gut, ich wollte den Dr. Döring sowieso mal besuchen – bei dem war ich schon lange nicht mehr. Also raus aus meinem offenen Körbchen, husch durch die Tür in den Flur. Wo ist er denn nur? Wenn ich jetzt die Behandlungsräume durchgehe, sieht mich jemand und bringt mich zurück, das ist also schlecht, aber vielleicht ist er ja im OP-Bereich unten im Keller? Also mal die Treppen runter hüpfen. Ach, da kommt ja auch die nette Frau Engeldingsda die Stufen rauf und fragt mich, was ich denn hier mache. Ich antworte ihr, dass ich zum Chef will, aber ohne Zähne hat sie mich wohl nicht verstanden, denn sie hat mich bei Dosi und der Dokki abgeliefert, die blöde Kuh. Ob ich die Frau Engeldingsda noch nett finde, muss ich mir noch mal gut überlegen. Auf jeden Fall war es noch nicht mal aufgefallen, dass ich nicht mehr da war! Das hat mich viel mehr

94

entsetzt als die Diagnose Diabetes. Liebt die Dosi mich nicht mehr?

Zur Zeit habe ich einen Zucker-Wert von 300, eine gesunde Katze hat 70 bis max. 100. Meine Güte, 300 Gramm Zucker verteilt auf vier Kilo Katze! Das ist ja furchtbar! Das will ich wirklich gar nicht! Ich mag doch gar keinen Zucker! Meine Nierenwerte sind auch ganz schlecht. Und die Leukos sind ganz hoch. Die normale Katze hat 5 bis 11 weiße Blutkörperchen, ich habe 26,5. Na gut, ich gebe zu, mir geht es wirklich nicht so gut momentan. Ich kann meine Bande nur so eben noch unter Kontrolle halten. Wenn ich wieder besser drauf bin, kriegen die erst mal alle einen auf den Deckel. Die benehmen sich zum Teil seeehr schlecht. Und dabei hatten wir uns geschworen, dass wir nicht auf das Straßenmilieu vom Roten Zottel oder schlimmer noch vom asozialen grauen Nachbarhofkater abrutschen würden. Der rote Zottel war ja immerhin schon eine

Zeitlang von der Bildfläche verschwunden, nachdem mein Dosi-Mann die Katzenklappe erneuert hatte und er sie nicht kapiert hat. Leider ist die neue Klappe durch diverse Kämpfchen auch schon wieder hinüber und der Zottel kommt, wann er will. Allerdings nur nachts, damit er nicht so auffällt. Tun die Diebe ja alle. Das ist ein Riesen Mörder-monster! In den passt richtig was rein! Der frisst uns alles weg, was da noch rumsteht, und wir haben dann morgens dollen Hunger!

Eigentlich wollte ich von meinen 26,5 weißen Blutkörperchen erzählen. Das sind zu viele. Einige davon müssen verreisen, und zwar auf dem Seeweg. Ich habe mal wieder Antibiotika in Langzeitausführung gekriegt, und meine Dokki hat mir versprochen, dass sie herausgespült werden. Außerdem kriege ich Inselun äh Insulin. Das muss die Dosi spritzen, jeden Tag. Jetzt will sie auch noch so einen Ohr-Pieksi zum Testen kaufen, und bei uns steht überall eine Traubenzucker-

Lösung, falls ich mal zu viel Inselun erwische. Und ein leckeres Schmerzmittel kriege ich, das schmeckt nach Honig! Ich hatte mich schon richtig gefreut und war ganz gespannt auf Morphium für Katzen! Aber nix da Morphium, es gab nur ein normales Mittel mit entzündungshemmender Wirkung und nicht süchtig machend. Aber trotzdem lecker, und es hilft gut.

Die Dosi konnte sich jetzt vier Tage fast gar nicht um mich kümmern. Nur die Inselun-Spritze habe ich von ihr gekriegt, ansonsten lag sie im Bett. Mein Dosi-Mann sagt, es sei ein böses Virus gewesen. Ich fand, die Dosi lag da ganz gut, so im Bett. Offenbar hat mein Dosi-Mann nach acht Jahren mit Dosi und Katzen immer noch nicht mitgekriegt, was Katzen normalerweise futtern. Deshalb gab es Kleingeschnetzeltes von der Pute, Tatar, Rindfleisch, Fischfilet und gebratene Schweinefleischstückchen und so was. Echt lecker. Hätte ruhig noch ein bisschen so weitergehen können! Und das Beste ist: ich sabbere nicht mehr!

Die weitere Strategie sieht folgendermaßen aus: Ich darf kein Cortison mehr kriegen wegen der hohen Zuckerwerte. Ich habe eine Cortison-Diabetes, die wahrscheinlich wieder weggeht, wenn ich das Zeugs nicht mehr bekomme. Ich kriege Inselun, bis die Werte wieder normal sind, sowie Langzeit-Antibiotika gegen die Entzündungen. Außerdem zwei Mal täglich einen kleinen Tropfen Schmerzmittel. Und der Eckzahn unten links muss raus. Klar, bei der bösartigen Entzündung im Mäulchen … Ich aaarmer kleiner Zwerg! Ich habe doch nur noch meine vier Eckzähne zur Zierde! Die Zähne haben natürlich keinerlei Gegenbiß. Der unten links hat sich gelockert, ist etwas hochgekommen und stößt mir oben in die Schleimhaut. Das tut natürlich höllisch weh. Und dann werden wir mal sehen, ob es nicht auch ohne Cortison geht. Wir haben ja alles durchprobiert. Immunsystem aktivieren mit allen möglichen Mittelchen klappt nicht, macht mein Körper nicht mit, Immunsystem unterdrücken mit Interferon oder ähnlichem sagt der ebenfalls nö. Na, da muss man sich doch in der Mitte treffen, oder?

Svennie und die Chips

Oh weh, oh weh, was hab ich getan? Das war nicht gut, das war gar nicht gut, glaube ich! Ich schleich mal zu Dosis Tastatur und schreib das auf.

Also ich bin ja krank mit meinen blöden 300g Zucker im Körper und dem doofen Calici-Virus, das vor zwei Wochen auch noch auf die Dosi übergesprungen ist. Jaja, dieses neue schlimme Noro-Virus gehört zur Familie der Caliciae! Jedenfalls ging es mir schlecht und hier ging es drunter und drüber. Die Saubande hat gemacht, was sie wollte, während ich erschöpft in den Kissen lag und meine Inselun-Spritzen bekam. Dann wurde die Dosi ja übel krank und konnte sich nicht mehr um mich kümmern. Ich bekam nur noch meine Spritzen. Und manchmal Schmerzmittel. Sonst gar nix. Und von da ab ging es aufwärts. Mir ging es jeden Tag ein bisschen besser. Mein Fell war nicht mehr so gesträubt, ich sabberte nicht mehr so stark, und rumgeschnattert habe ich auch nicht mehr. Keiner hat mich betüddelt und betätschelt. Ich habe die Dosi auch nicht in ihrem Bett besucht, sonst wäre das bloß wieder losgegangen mit dem aaarmen kleinen kranken Kater. Dann wären ein paar Arme gekommen und -zack- wäre ich unter der Bettdecke verschwunden gewesen. Darauf hatte ich momentan keine Lust. Vor einigen Tagen habe ich dann eine Rundreise durch die Wohnung unternommen. Die Zustände waren durchaus beängstigend. Der Big Mäc hatte das Arbeitszimmer erobert. Das ist oberdreist und geht natürlich gar nicht. Das ist meins! Wie alles andere auch hier! Also bin ich von Gegenstand zu Gegenstand gelaufen und habe ein bisschen markiert. Dabei bin ich auch an so einen Metallkasten geraten, der roch besonders nach Big Mäc. Daneben hat er wohl immer geschlafen, der war schön warm an der Seite. Also ordentlich gezielt und einen fetten Strahl gegen die Metallwand mit den kleinen Luftlöchern abgelassen. Plötzlich ändert sich das Geräusch in diesem Kasten. Ich ahne nichts Gutes. Ich will abhauen, aber mein Dosi-Mann, der an seinem Schreibtisch sitzt, beugt sich zu mir runter. Ich presse mich mal sicherheitshalber ganz platt an den Boden, tiefer geht es leider nicht. Er hebt mich hoch und hält mich vor seinen Monitor. Fragt mich, ob ich weiß, was das ist. Na klar weiß ich das. Schwarzes Bild nach fummmppp durch Niesel- äh Pieselregen, das hatten wir doch schon mal. Ich hänge wie ein Sack Kartoffeln in seinen Armen. Langsam könnte er ja mal loslassen. Es gibt ja gar nichts zu sehen. Er denkt aber gar nicht dran. Jetzt soll ich ihn auch noch ankucken. Lieber Himmel, wo kuck ich denn jetzt bloß hin? Er lässt mich los mit den Worten, dass bei mir Hopfen und Malz verloren ist, und ich wiesele schnell aus dem Zimmer. Der soll doch erst mal kucken, was da überhaupt dran ist an dem Rechner! Mich hier so blöde anzumachen, und dann ist durch Abtrocknen alles getan, das haben wir gerne! Das Problem ist nur, dass mein Dosi-Mann ein Computer-Spezialist ist und ein großes Netzwerk da stehen hat und ich gegen den Server markiert habe, der jede Menge kostbares, neues und hochgerüstetes Zeug beinhaltet, das nicht einfach wieder gesund wird, wenn es abgetrocknet ist. Beim Abendessen, ich lag auf Dosis Knien, erzählte er der Dosi, es seien 2000 MB Speicherchips kaputtgegangen. Er warf mir einen bösen Blick zu. Ich bin sofort wieder unter den Tisch gekrochen und erst eine halbe Stunde später erneut aufgetaucht.

Joschi wurde vergiftet

Also der Joschi, der ist ja unser Sorgenkind. Der ist als kleines Katzenkind von seinen Dosenöffnern ganz schlimm getreten und misshandelt worden. Dabei wurde er auch öfter mal mit dem Kopf gegen die Wand geknallt. Irgendwas ist in ihm drinnen kaputt gegangen. Aber das stört uns nicht. Joschi ist seeehr laaangsam. Er hat vorne einen sehr vornehmen Gang, er wirft die Pfoten nach vorne wie ein edles Dressurpferd, aber hinten hat er leider X-Beine. Das relativiert die ganze Sache optisch doch sehr. Er klettert auf unserem Kratzbaum rum, vergisst dann aber, dass er ganz oben ist, und spaziert auf der Plattform einfach los. Zwei Schritte auf Plüsch, zwei Schritte ins Leere … Er wundert sich immer sehr, wenn er sich auf dem Boden wiederfindet. Man kann förmlich sehen, wie sein Kopf vom Nachdenken heißglüht. Er läuft auch aus Fenstern. Ist im ersten Stock nicht so angebracht. Wir müssen alle dauernd auf ihn aufpassen. Erst gestern ist er wieder von der Katzenaußentreppe auf das Hausdach gelaufen und zu dem Dachfenster von Dosis Baldrian-Vorratsraum. Das Fenster war auf, klar, bei dem Gestank da drinnen. Auf dem Boden unter dem Fenster stand ein roter Putzeimer mit Wasser und Reiniger, denn die Dosi wollte gleich putzen. Sonst nichts. Es war jede Menge Platz. Joschi ist reinge- sprungen. Und zwar gezielt in den Putzeimer. Joschi war plötzlich der pudelnasse General, der Boden war geflutet und Joschi sehr irritiert. Warum Joschi ausgerechnet den Putzeimer mit dem Wasser anvisiert hat, wissen wir alle nicht. Aber so ist Joschi. Die Dosi ist sofort mit ihm duschen gegangen, um diesen „Der-General"-Reiniger abzuwaschen. Joschi hat nur ein bisschen gezappelt. Er hat ja gar nicht kapiert, was die da mit ihm veranstaltet hat. Der Aha-Effekt kommt bei Joschi immer erst später, viel später.

Jedenfalls haben wir an dem Vergiftungstag wohl auch nicht so gut auf ihn aufgepasst. Er kam rein und kotzte gelben Schaum auf den Teppich. Ausgerechnet auf den Teppich, den wir unter Tierheimandrohung noch nicht mal ansatzweise bepieseln dürfen. Dann schleppte er sich zu seinem Platz. Er hechelte, war aber ansonsten so gut wie tot. Ihr hättet mal meine Dosi sehen sollen! Ich war höchst erstaunt! Die alte Schachtel kann ja richtig schnell sein! Sie hat in der Küche Salzlake angerührt und dann sind sie und mein Dosi-Mann in die Klinik gerast. Nach drei Übernachtungen dort kam Joschi wieder nach Hause. Er erzählte uns, dass er noch am Rande mitbekommen habe, dass die Dosi ihm die Salzlösung mit der Spritze eingeflößt habe, bis er wieder kotzen musste, und das hat er dann ausgiebig auf ihrem Schoß und dem Autositz getan. Darüber hat die Dosi sich doll gefreut. Sie hat nämlich zwei Fleischstückchen gefunden, die Joschi nicht bei uns gegessen hatte. Leider musste Joschi noch einen weiteren großen Schwall kotzen, so dass die Bröckchen irgendwohin zwischen Autoboden, Autositz, Badehandtuch und Dosiklamotten gespült wurden. Sie hat sie aber nicht mehr gefunden. Trotzdem war sie zufrieden. Dieser Tage sagte sie zu unserem Dosi-Mann, dass der Kotzgeruch nicht richtig rausgeht. Da sah sie nicht mehr so zufrieden aus.

Das war jedenfalls die Geschichte von Joschis Vergiftung. Joschi ist zwar dumm wie eine Kartoffel, aber er ist auch superlieb und hört aufs Wort wie ein Hund. Wenn ihm die Fleischstückchen angeboten wurden, hat er sie dankend genommen. Wer dafür in Frage käme, muss die Dosi selber klären. Wir hören uns mal in nächtlichen Katzenkreisen um.

Svennie und der Eierpicker

Wenn Ihr jetzt glaubt, es gibt eine Ostergeschichte, dann habt Ihr euch aber gründlich getäuscht, meine Lieben! Ich erzähle doch nicht vom Osterhasen, wenn ich auch über mich selbst reden kann! Oder über die Dosi, die in den letzten Wochen wirklich eine sehr lächerliche Gestalt abgegeben hat. Und das kam so:

Ich habe ja eine Cortisondiabetes. Das heißt, ich habe einen Wert von 300 Gramm Zucker im Körper, und mittlerweile weiß ich auch genau, wo der Zucker sitzt, nämlich in meinem dicken Bauch. Weil der so schwer ist, schlackert mein kleines Bäuchlein etwas unschön hin und her. Das sollte schon verschwinden, da sind die Dosi und ich uns ja mal ausnahmsweise einig, aber auf keinen Fall mit ihren Methoden! Die hat nämlich besagten Eierpicker gekauft. Der ist gar kein Eierpicker, aber man könnte ihn genauso gut dafür nehmen. Sinn dieses Gerätes ist es, mir in die Ohren zu stechen, um da Blut rauszuholen, das dann in einer anderen kleinen Maschine auf den Zuckergehalt getestet wird. Blut! Aus meinen Ohren! Wo ich doch schon böse werde, wenn die Dosi mir ein Büschel verklebte Haare abschneidet! Aber andererseits habe ich keine große Angst davor. Ich habe nämlich gar kein Blut in den Ohren, hehe. Mein Blut befindet sich in meinem Kopf, damit ich nämlich besser denken kann. Blut im Kopf macht intellent. Da kann sie pickern, soviel sie will. Also habe ich mich entspannt auf ihre Oberschenkel gelegt. Sie hat bestimmt zwanzig Mal angesetzt, aber leider kam kein Blut. Tja, ich sagte es ja. Der Dosi, die ja sowieso recht wenig Blut im Kopf hat, schoss das wenig verbleibende vor Aufregung jetzt auch noch in ihre Ohren, die ziemlich rot wurden. Danach war es aus mit ihrem Denken. Sie jagte dem Big Mäc hinterher, und ehe der wusste, was überhaupt passierte, saß er auf ihrem Schoß und hatte den Picker im Ohr. Es blutete. Dazu muss man aber sagen, dass Big Mäc eine leichte Beute ist, denn der kann überhaupt gar kein Blut im Kopf haben, ausgeschlossen. Das muss bei dem zwangsläufig in den Ohren sein, also ist es kein Wunder, dass da etwas rauskam. Leider hatte er aber keinen Zucker im Körper. Das hat mich ziemlich neidisch gemacht. Das kriegt der noch zurück, warte nur, Du dreistes, weiß geschecktes Monster! Dann kam Dickes angezuckelt. Der lässt ja alles mit sich machen. Er rannte quasi in den Eierpicker rein. Es kam auch Blut aus seinem Ohr. Aber nur ein bisschen! Bei dem befindet sich offenbar der größte Teil in seinem Kopf. Immerhin hat er mich ja das Leben gelehrt, als ich klein und hilflos war – so doof kann er also gar nicht sein, sonst wäre ich nicht so schlau geworden. Logisch, ne? Auf jeden Fall hat auch der keinen Zucker. Erstaunlich, der ist doch mindestens doppelt so dick wie ich. Menno, wieso bin ich denn hier der einzige mit Zucker, hä?

110

Dann war ich wieder an der Reihe. Die Dosi war frisch, ausgeruht und zuversichtlich. Der Zustand hielt allerdings nicht lange an. Ich brauche nicht zu erwähnen, dass der Picker nicht funktionierte beziehungsweise dass meine Ohren nix hergaben, oder? Zum Schluss war die Dosi so verzweifelt, dass sie beschlossen hat, sich wenigstens selbst zu pickern, um zu sehen, wie es ihr überhaupt geht. Dabei kam ein Wert von 39 heraus. Der normale Mensch hat so um die 100. Aber normal war meine Dosi ja noch nie. Sie hat überlegt, ob sie sich sofort einen Krankenwagen rufen soll. Aber erst mal hat sie eine email an den Picker-Hersteller geschrieben, ob das Teil vielleicht nicht richtig justiert ist. Der hat übrigens nie geantwortet – wahrscheinlich dachte er, bei diesen Werten ist die Alte längst gestorben. Als ob wir es nicht schwer genug hätten, jetzt müssen wir auch noch eine unter- zuckerte Dosi ertragen, obwohl ich jetzt nicht sagen könnte, wie sich das genau bemerkbar macht. Die Dosi hat so viele schlechte Eigenschaften, das mischt sich alles ineinander.

Jedenfalls hat sie das Picken aufgegeben. Einige Tage lang hat sie es noch probiert. Bei allen hat es funktioniert, nur bei mir nicht, ätsch. Einige Tage später habe ich mir gewünscht, es hätte funktioniert, denn da hat sie mich wieder zum Blutabnehmen in die Klinik geschleift. Es war nur so ein schnöseliger Assistenzfritze da. Aber das ist eine andere Geschichte.

Die überdimensionalen Katzenklos

Halli hallo, ich habe ganz gute Laune und tu auch nicht mehr sabbern, zu so was hab ich gar keine Zeit mehr! Der Dosi kamen endlich Frühlingsgefühle und deshalb betrat sie gestern endlich unsere Terrasse, wo wir in dem Winterdreck schon seit Wochen versuchen, uns häuslich einzurichten.

Die Dosi bezeichnet sich selber als einen sehr praktisch denkenden Menschen. Ich hingegen bin der Überzeugung, die ist einfach stinkefaul. Jedenfalls überlässt die jedes Jahr im Herbst den Blumen ihrem Schicksal und fängt erst im Frühling an, aufzuräumen und neu zu gestalten. Unsere Terrasse ist im Winter und frühen Frühjahr so ein richtiger O-Gott-was-werden-bloß-die-Nachbarn-dazu-sagen – Schandfleck, für den wir uns alle vor den Nachbarkatzen furchtbar schämen. Die haben schönen Rasen, ordentliche Zäune und Stiefmütterchen und später Osterglocken –

links vom Gehweg fünf Büschel, auf der rechten Seite sechs. Kann ich nicht auch so eine Dosi haben? Bei meiner Dosi gibt es weder Stiefmütterchen noch Osterglocken. Bei meiner Dosi gibt es abgesehen von einem Efeu, der eine Mauer abdeckt, und drei großen Farnen gar nichts Mehrjähriges mehr. Das hat natürlich auch seinen Grund, ähem. Also … ich piesele ja sehr gerne in der freien Natur. Am liebsten aber in irgendwelche Gefäße. Das habe ich schließlich mit dem Katzenklo so gelernt.

Für die mehrjährigen oder dauerhaften Grünpflanzen braucht man ja riesige Töpfe. Die Dosi, praktisch und pleite, wie sie immer ist, nimmt dafür die großen schwarzen Zementanrührwannen aus dem Baumarkt – überdimensionale Katzenklos. Und dann noch die Blumenerde da rein, da pinkelt es sich einfach göttlich! Man möchte gar nicht mehr aufhören! Die anderen finden das auch alle, und so wurden unsere sechs Ka-Klos drinnen

114

auch immer nur wenig genutzt. Die Dosi war recht erfreut; die wusste ja auch nicht, wohin wir pinkeln. Im Laufe der Jahre begannen die Pflanzen zu kränkeln. Die Dosi wohnt seit acht Jahren dort, und auch die Katzengeneration vor mir scheint diese großen Pötte bevorzugt zu haben. Die Dosi hat gedüngt, mit den Pflanzen geredet, Erde ausgetauscht und alle so was. Aber die Pflanzen kränkelten, von Jahr zu Jahr wurde es schlimmer. Letztes Jahr hat sie sich eine neue Sonnenliege gekauft und bereits beim ersten Liegen festgestellt, dass es auf dieser Höhe, die nämlich die gleiche ist wie die Kante der Pötte, einfach ekelhaft nach Pipi stinkt. Weiter oben, wenn man steht, riecht man es offenbar nicht. Damit war klar, wer an dem Pflanzensterben schuld war, und wir mussten mal wieder eine Schimpftirade über uns ergehen lassen. Über die Sonnenliege hat sie unverständlicherweise nicht gemeckert. Das war nämlich eine böse Schnappliege. Sie hat immer nach mir geschnappt. Mit ihren beiden Armen. Wenn die Dosi nicht da war und die Liege lang ausgebreitet war, sah ich keinen Grund, warum ich nicht darauf ein Schläfchen halten sollte. Dazu bin ich immer ganz normal in die Mitte der Liege gesprungen, um mich hinzulegen. Weil die Liege aus drei Elementen mit Gelenken bestand, der Stoff aber einteilig war, verursachte mein Sprung auf kleinstem Raum immer eine Straffung des Stoffes, die das Zusammenklappen des Ober- und Unterteils hervorrief. Ich konnte immer noch gerade rechtzeitig flüchten, aber die Dosi wusste, dass schon wieder jemand auf ihrer Liege war. Die Liege gibt es übrigens nicht mehr. Eines Tages ist sie über Dosis Kopf zusammengeschnappt. Das war ihr Ende.

Leider war das mit den kranken Terrassenpflanzen noch nicht alles. Unser Gepinkel verblasst stark neben dem, was dann geschah. Wir haben doch eine tolle Katzen-treppe. Die führt wahlweise aufs Dach oder ins Schlafzimmer zu den Dosis. In der Ecke wucherte Dosis Knöterich, der mittlerweile auch unsere Katzentreppe erreicht hatte. Unser Aufstieg war freigeschnitten, aber sonst erkannte man die Treppe kaum noch. Es war prima. Der Dickes ist ein paar Mal im Streit aus dem Schlafzimmerfenster gekugelt, aber der Knöterich hat ihn wie ein Kissen aufgefangen.

An einen schönen Tag kurz nach unserem Piesel-Outing bog die Dosi mittags mit ihrem Auto in den Hof ein. Wir hockten alle auf der Treppe. Dort saßen wir schon einige Stunden und sahen dem Treiben mit gemischten Gefühlen zu. Die Dosi kam aus dem Auto geschossen. So wütend habe ich sie selten gesehen. Die Dosi schrie nicht, die Dosi brüllte. Dann ist sie auf den „Pils" losgegangen. Sie kennt die Leute alle, weil das früher eine Clique war. Sie hat ihn geboxt und man konnte sehen, dass der arme Kerl ziemlich verwirrt war; er durfte ja nicht zurückschlagen, weil er ein Mann ist. Der andere Arbeiter, Peter, hatte sich rechtzeitig in Sicherheit gebracht. Aber ihr wisst noch gar nicht, was eigentlich passiert ist! Der Pils hatte die Anordnung erhalten, den Knöterich zu eliminieren, weil der sonst eventuell irgendwelche Leitungen angreift. Diesen Befehl hatte Pils zum Anlass genommen, sich eine Kettensäge zu besorgen und die armdicke, etwa sieben Meter hohe und vier Meter breite Pflanze im Laufe eines Vormittages in handliches Kaminholz zu zerlegen. Daraufhin hat die Dosi ihm die Freundschaft aufgekündigt; er wusste nämlich, dass es ihr Knöterich ist und dass er ungefragt gefälligst die Finger davon zu lassen hat. Eine Zeitlang hat sie immer geheult, wenn sie da hingekuckt hat. Dagegen ist unser Gepinkel doch ein Klacks, oder?

Die Konsequenz unserer Aktionen war jedenfalls, dass auch die vergifteten, kränkelnden Terrassenpflanzen weg mussten.

118

Die hat die Dosi aber nicht in den Müll geworfen, sondern irgendwo hingebracht und eingepflanzt, wo sie mal selbst in der Natur kucken können, ob sie noch was werden. Nur ihre Riesen-Mörtel-Wannen mit Farn hat sie noch. Der ist für unsereiner unbequem. Darauf pinkelt es sich nicht gut. Glück für Dosi. Aber auch für uns, denn bei ihren Farnen kennt Dosi keinen Spaß. Die betüddelt sie fast so wie mich. Die kriegen sogar ihren eigenen Sonnenschirm, wenn im Hochsommer auf ihr schattiges Plätzchen doch mal ein paar heiße Strahlen treffen. Sie hat ja die Bäume nicht mehr, wo sie früher mal drunter standen, jaaa, also……. Jetzt gibt es auf unserer Terrasse Tausende von Blumenpötten der unterschiedlichsten Arten. Vom Blumenübertopf bis zum Bauschutteimer. Hauptsache große bis riesige Töpfe. Da wirft sie Blumensamen rein, überall was anderes. Kleine, große, rankende Blumen. Und wenn dann alles blüht, haben wir den schönsten und buntesten Bauerngarten der ganzen Nachbarschaft! Zwar nur für drei bis vier Monate. Aber immerhin!

Ich möchte doch lieber keine Stiefmütterchen-und-Osterglocken-Dosi haben. Bei so einer wäre ich als schlammverdreckte schwer verletzte kleine kranke Katze mit Ungeziefer, Katzenschnupfen und Gewürm bestimmt gleich schlafen gelegt worden. Und gleich gibt es einen Rinderbraten a la Oma mit Kartoffeln und Blumenkohl. Der Braten ist sehr groß, das habe ich schon durch das Fenster im Ofen gesehen. Niemals kann man den mit zwei Personen aufessen. Meine Dosi macht den besten Braten der Welt, davon werden immer neun Personen satt! Zwei Menschen und sieben Katzen. Ich gehe jetzt vorsorglich schon mal rüber, damit ich bloß nichts verpasse!

Svennies große Reise

Menno, es ist total langweilig bei uns auf dem Hof! Immer dieselben Gesichter, ewig die gleichen Klopfer auf den Rücken, sogar die Hunde sind blöd und taugen nix. Irgendwann kennt man das alles. Das führt natürlich auch dazu, dass wir nicht mehr beiseite gehen, wenn das Auto eines Nachbarn auf den Hof fährt. Das kennen wir ja auch und wissen, dass es uns schon nicht platt fahren wird. Also bleiben wir getrost in der Mitte des Hofes liegen und warten, bis der jeweilige Fahrer aus dem Wagen aussteigt und versucht, uns wegzutragen, wegzuschieben oder wegzuscheuchen, nachdem er ausgiebig gehupt hat, was uns allerdings immer nur zu einem müden Gähnen animiert. Unsere Reaktionen auf die Entfernungsversuche sind abhängig von der jeweiligen Katze, der Tageszeit, dem Wetter, der Laune und natürlich dem Beliebtheitsgrad des Auto-fahrers. Um Dosis Auto herum machen wir es uns ganz besonders gern bequem. Die kommt ganz oft noch nicht mal vom Hof runter. Wenn sie einen von uns entfernt, legt sich der nächste hin. Dann rollert sie Zentimeter für Zentimeter und kuckt dauernd wo wir sind und ist in Schweiß gebadet, wenn sie nach einer viertel Stunde die zehn Meter entfernte Straße erreicht. Bei unserem Dosi-Mann muss man aber aufpassen. Der lässt sich nicht von dieser unverschämten Katzenbande auf der Nase rumtanzen, wie er immer so schön sagt. Der fährt mit Schmackes in den Hof rein und wir müssen schnell beiseite springen. Na ja, stimmt nicht so ganz. Wir gehen schon vorher in Deckung. Ist ja auch wirklich kein Problem, das Auto hören wir schon eine Ecke vorher. Wir können uns also gut in Sicherheit bringen. Wenn unser Dosi-Mann auf den Hof fährt, sind wir nie da. Die Dosi droht ihm gelegentlich mit „Wehe, wenn Du eine Katze anfährst!" Aber was dann passiert, sagt sie nicht. Macht aber nichts, das wird auch nicht passieren. Wir wissen ja, mit wem wir es machen können…

Es gibt auch einige interessante Autos, die zu uns auf den Hof kommen. Zum Beispiel so ein Lieferwagen, da steht DPD drauf. Der bringt der Dosi oft Pakete. Die kommen hinten aus einer großen Klappe. Das kucke ich mir immer an. Da sind ganz viele Päckchen und Pakete in dem Raum. Es riecht aufregend. Ich stand auch schon ein Mal auf der Rampe. Bin aber vom Fahrer weggescheucht worden. Wenn der Fahrer die große Tür hinten schließt, ruft die Dosi ihm jedes Mal zu, er soll doch bitte noch mal kucken, ob er auch keine Katze eingeladen hat. Wenn man so was tagtäglich hören muss, hängt es einem bestimmt zum Halse raus und man antwortet nur noch jaja … und kuckt nicht mehr. Ich jedenfalls hatte beschlossen, mal in dem Auto mitzufahren und zu kucken, wohin der die Pakete so bringt. Anderswo ist es bestimmt auch schön, dachte ich. Heute war der richtige Tag dafür. Also bin ich hinten in den Lieferwagen geklettert und habe mich auf die Kartons gesetzt. Der Fahrer sagte jaja … und warf die Tür zu. Es wurde ganz dunkel und dann plötzlich schrecklich laut. Hörte sich an wie Dosis Auto, aber viel schlimmer und lauter. Ich gebe zu, dass mir mein kleines Herz in die Füße rutschte. Oh, was hatte ich getan? Oh, wie hatte ich Angst! Habe mich in der hintersten Ecke versteckt und gebibbert. Dann war es immer das gleiche Spiel. Das laute Geräusch ging aus, die Türen wurden geöffnet, Pakete wurden herausgeholt, die Türen wurden geschlossen. Einmal habe ich mich getraut, in Richtung Ausgang zu gehen, als die Tür offen war. Aber draußen war eine Stadt, mit viel Verkehr und ohne grüne Wiesen und andere Tiere, da hab ich gedacht, ich bleib doch besser drin, irgendwann muss er ja wieder bei der Dosi vorbeifahren. So habe ich ein paar Stunden in dem Lieferwagen gehockt und war zum Schluss völlig verängstigt. Ich wusste ja nicht, dass die

Dosi mich längst vermisste, sich den Tourenplan hatte faxen lassen, die Stellen abfuhr und dort nach mir rief und mich suchte. Sie fand mich ja auch nicht. Gefunden hat mich der Fahrer des Lieferwagens, der mich bei der Auslieferung seiner letzten Päckchen zwangsläufig entdecken musste. Immerhin war ich so schlau gewesen, nicht aus dem Wagen zu springen und ins Nirgendwo zu verschwinden. Er und sein Kollege wussten auch sofort, wer ich bin und wo ich hingehöre. Sie haben mich gepackt, in ein -bäh- dreckiges Tuch gewickelt und auf dem Beifahrersitz nach Hause gefahren. Die Dosi hat geheult, so glücklich war sie, dass ich wieder da war. Auch ich war sehr froh und habe den ganzen Abend in ihren Armen gelegen und geschmust.

Alle sind glücklich, nur der Dickes ist stinke-sauer. Als die Männer vom Hof fahren wollten, gab es einen kleinen Dialog zwischen den beiden, der da lautete: „Pass auf, sonst überfährst Du die Katze da! „Die ist schwanger!" Damit war Kater Dickes gemeint, der sich geschworen hat, nächstes Mal voll gegen den Lieferwagen zu pinkeln.

Die Olle hat ne Knolle

Habe ich es nicht gesagt? Ich sollte mich dringend bei der Polizei melden! Ich bin die perfekte Geschwindigkeitsbegrenzung! Es ist ja bekannt, was ich vom Autofahren halte. Speziell vom Autofahren mit der Dosi. Bei verschiedenen Geschwindigkeiten erzeuge ich verschiedene Wein- und Kreischtöne. An jenem Tag, wo sie 140 km/h statt der vorgeschriebenen 100 fuhr und ich so lange gekreischt habe, bis sie abgebremst hat, also genau da hielt die Polizei auch nichts von Dosis Autofahrkünsten. Deshalb haben sie da ein ganz schlechtes Foto von ihr gemacht. Ich bin nicht mit drauf. Eigentlich eine Unverschämtheit. Werd ich denen noch sagen. Danach kam Post vom Regierungspräsidium. Das ist so was Ähnliches wie früher der blaue Brief in der Schule, wobei es ja immer ein Unterschied ist, ob man den mitten im Jahr kriegt oder dann, wenn es auf die Zeugnisse zugeht. Dieser Brief kam schon im März, aber die Dosi hat ihn vor mir geheim gehalten! Heute habe ich ihn beim Ab- und Aufräumen zufällig in der Ablage gefunden. Allein MIR hat sie es zu verdanken, dass sie nur noch 112 km/h auf dem Tacho hatte! Hätte ich nicht so geschrien, wäre der Lappen jetzt weg gewesen, und wie wäre ich dann die nächsten Male in die Tierklinik gekommen? Nicht nur dumm, sondern auch noch in höchstem Maße verantwortungslos, diese Dosi! Was denkt die sich? Gaaar nix natürlich. Glücklicherweise denke ich für sie mit. Überrascht hat mich allerdings der Big Mäc, muss ich wirklich sagen. Nach Bekanntwerden dieser Knolle ist er sofort zum Auto gelaufen und hat sich darunter zu schaffen gemacht. Er muss hart gearbeitet haben, denn er war ganz rußverschmiert im Gesicht. Aber er hat mir versichert, dass Dosis Auto jetzt nur noch 80 fährt. Dafür hat er bei mir jetzt was gut. Beim nächsten Zurechtrücken der Köpfe hier werde ich ihn ein Mal aussparen. Aber nur ein Mal!

Jawoll, ich lebe noch!

Anfang der Woche musste ich wieder mal in die Tierklinik. Die Fernwärme, die ich seit geraumer Zeit von der Tante aus der Schweiz erhalte, hat leider versagt. Die Dosi sagte, die Tante hat mir keine Fernwärme, sondern Reiki gegeben. Und ich dachte immer, Reiki sei ein finnischer Saunaaufguß. Wieder was gelernt. Jedenfalls hat die Fernwärme mein böses Calici-Virus nur gestreift, aber mein Immunsystem leider nicht dazu gebracht, es zu überhitzen und zu eliminieren. Also wieder in die verhassten Klinik. Ach, es wäre so schön gewesen! Nachdem ich meinen alten bequemen großen Korb aus Protest mehrfach angepinkelt habe, hat die Dosi einen neuen besorgt, der aber blöd und viel kleiner ist. Er hat eine andere Form, die sie schön findet, aber ich bin wieder mal nicht gefragt worden. Außerdem steht der Korb jetzt immer in der Ecke auf dem Esstisch und der Dickes schläft da drin, so dass ich keine Chance mehr habe, ihn anzupinkeln. Den Korb meine ich. Der alte Korb stand immer auf dem Boden, da war das einfach. Momentan befindet er sich auf der Terrasse. Ich bin schon mehrfach vor Dosis Augen reingeklettert und habe so getan, als ob ich mich schlafen lege, damit sie endlich kapiert, dass ich wieder einen Riesenkorb will! Ich könnte mich vielleicht sogar dazu bewegen lassen, nicht mehr dranzupischern... Aber nein, ich musste wieder in den dämlichen neuen Korb und los ging es. Wenigstens fuhr die Dosi langsam, mal sehen, wie lange das anhält.

In der Tierklinik wurde der Dosi erstmal gesagt, dass meine Dokki zwei Wochen im Urlaub ist. Die Dosi hat sich gefreut und irgendwas von sowieso viel zu viel arbeiten und Renovierung altes Forsthaus gefaselt. Ich hingegen war fassungslos. Wie kann die nur? Die kann doch nicht in Urlaub gehen, wenn ICH zur Behandlung komme! Die weiß doch, dass ich alle drei bis vier Wochen bei ihr auftauche! So etwas verantwortungsloses! Die muss doch Tag und Nacht bereitstehen, falls ich aaarmer kleiner Kater vorbeikomme und eine Spritze oder liebe Worte benötige! Damals, als die noch in der Wohnung über der Tierklinik gewohnt hat, war das besser. Da war die immer da. Aber nein, ein olles kaputtes Forsthaus musste es ja sein! Von dem Geld, das MEINE Dosi bei ihr lässt! Ach, hätte ich doch noch ordentlich Zähne, dann könnte ich nächstes Mal kräftig zubeißen. Vielleicht pupse ich ihr mit aller Kraft ins Gesicht, mal sehen. Läßt mich einfach im Stich, wie gemein und hinterhältig!

Jedenfalls durfte ich dadurch zur Behandlung zum lieben Gott, dem Klinikchef höchstpersönlich. Das ist der Dr. Döring, den ich neulich ja schon mal besuchen wollte, weil ich ihn schon längere Zeit nicht gesehen hatte. Da war ich erstmal besänftigt. Die Dosi hat den Korb auf den Behandlungstisch gestellt und aufgemacht, ich stand so halb im

Ausgang, als der liebe Gott sich umdrehte und sprach: „Ach, das ist ja der Svennie Glückspilz! Dass der noch lebt, finde ich wirklich erstaunlich!" Die Dosi stand da mit offenem Mund, was sie noch dümmlicher aussehen ließ als sie schon ist; ich überlegte, ob ich ihm mal zeigen sollte, wie sehr ich lebe, aber dann fragte die Dosi, warum es denn so erstaunlich sei, dass ich noch nicht gestorben bin. Der Dr. Döring ist dafür bekannt, dass er ziemlich ungeschönt seine Meinung sagt und dabei nicht unbedingt die Feinfühligkeit in Person ist. Er behandelt meistens die Pferde und andere lebensgefährliche Tiere wie zum Beispiel Doggen, Riesenschnauzer und andere hüfthohe Gestalten. Das überträgt sich eins zu eins auf seine Sprache. Mit denen muss man ja grob umgehen, die kapieren sonst nix. Sind halt nur Hunde. Jedenfalls soll mein Virus ganz ganz schlimme Auswirkungen in meinem Mäulchen und auf der Zunge haben, also quasi ein Terrorist unter den Verbrechern sein. Und solche Katzen leben normalerweise nicht lange, wenn sie nicht permanent in Behandlung sind. Die ziehen dann um nach Streptowitz an der Kokke und freunden sich mit Staphylos an, und das ist ihr Ende. Er hat nachgekuckt, was wir schon alles an Behandlungen unternommen haben – eine laaange Liste! Er meinte, nur eine Behandlungsmethode wäre bei mir sinnvoll, und das sei –leider- die Cortisontherapie plus Antibiotika. Je älter ich werde, desto gefährlicher wird es, einfach mal damit aufzuhören bzw. das auszuschleichen und etwas anderes auszu-probieren, weil ich sonst womöglich auch nach Streptowitz an der Kokke umziehen müsste, meinte er. Ich bin aber erst vier Jahre alt und will bei meiner Dosi bleiben! Also hat es wieder einen Piekser in den Po gegeben für das Cortison. Diesmal ein anderes, das bei mir zwar nicht ganz so gut wirkt, aber den Blutzucker nicht übermäßig hochtreibt. Ihr wisst ja – ich hab kein Blut in den Ohren zum Messen. Dann ein Piekser für das Langzeitantibiotikum, das ist ein ganz neues Medikament, hält zwei Wochen lang an und das Beste ist, ich bin nicht dagegen immun, weil mein Körper es noch nicht lange kennt. Und einen Piekser für die Schmerzspritze, die wünscht die Dosi sich immer dazu, damit es mir mal einen Tag lang so richtig gut geht. Dann geht's mir aber auch gut! Ich hopse rum, räume Schreibtische auf und spiele, was das Zeug hält. Abends bereut sie es immer, das sieht man ihr an. Jedenfalls sagte der Herr Dr. Döring, ich sei austherapiert, was wohl heißen soll, dass ich alles getestet habe, was so an Mittelchen gegen meine Krankheit auf dem Markt ist. Die Dosi könne aber nach Absprache gerne zusätzliche homöopathische oder sonstige Medikamente geben. Aber zusätzlich, nicht an Stelle von. Nur eine weitere lückenlose Behandlung erhielte mich dauerhaft am Leben. Man müsse immer abwägen, und in meinem Fall sei selbst eine Cortisonbehandlung das kleinere Übel. Er hat gesagt, ich sei ein zäher Knochen. Auf meinen

Wortschatz umgewandelt heißt das, ich bin ein aaarmer, ganz lieber, tapferer kleiner Kater. Ich habe es verdient, jeden Tag Putengeschnetzeltes zu essen, den ganzen Tag auf Dosis Arm zu hocken und über ihre Schulter zu kucken, bei der Dosi auf dem Kopfkissen zu schlafen und zwei mal täglich ausgiebig mit der Babybürste gebürstet zu werden. Oder?

Now or Never

Hallo, hier ist mal wieder Euer Svennie. Leider gibt es bei uns immer noch nichts Neues. Es ist laaaangweilig. Mittlerweile finde ich es schon aufregend, wenn ich im strömenden Regen draußen rumlaufe, patschnass nach Hause komme und mich auf den guten Da-darfst-Du-niemals-draufkotzen Teppich lege. Oft sieht die Dosi das nicht direkt. Wenn sie es dann sieht, hat der Teppich einen großen fiesen nassen Fleck, der auch einen unschönen Rand macht, wenn man mal ehrlich zu sich selbst ist. Aber die Dosi merkt das nicht. Sie merkt momentan leider gar nix mehr. Bei uns läuft neuerdings den ganzen Tag der Fernseher im Hintergrund, und ausgerechnet auch nur RTL. Na ja, immerhin kann man im Seichten nicht ertrinken. Und wenn die da eine bestimmte Stimme hört, dann stürmt sie vor die Glotze, dass wir aufpassen müssen, nicht überrannt zu werden. Die Krankheit haben zur Zeit sehr viele Menschen, meistens Frauen um die 40. Die Dosi ist stark Mark-Medlock-geschädigt. Dabei hat der Kerl doch gar nichts außer seinen komischen Liedern und drei Katzen, was ihn für unsereiner immerhin ein kleines bisschen sympathisch macht. Ein Mann mit eigenen Katzen ist schon selten und da kann man schon mal näher hinkucken, aber doch nicht soooo nah! Und dann heißen die auch noch Cookies, Aragon und Heaven! Da klingt doch Svennie, Dickes und Big Mäc viiieeel schöner, oder? Und die Ärmsten können im Moment auch gar nicht bei ihrem Dosi sein, weil der nur noch in der Weltgeschichte rumfährt. Das tät mir aber stinken. Neulich hörte ich, wie meine Dosi zu meinem Dosi-Mann sagte, sie könnte ja vorübergehend die drei Katzen hier aufnehmen ... Boah, war der sauer! Er wirft mittlerweile schon mit der Fernbedienung, wenn er nur den Namen Mark Medlock hört. Aber ich bin ja ein äußerst kluger Kater und hole auch aus den schlechtesten Dingen noch etwas Gutes raus.

Dieses „Jetzt oder Nie"-Lied -ich kann leider kein Englisch- dudelt natürlich öfter mal bei uns rum, um nicht zu sagen andauernd, und als ich den Dickes vor zwei Wochen auf die Waage geschickt habe, murmelte auch er: Now or Never! Die Waage zeigte mittlerweile 6,8 Kilo, was für die Statur vom Dicken etwa 2,8 Kilo zu viel sind. Das Problem ist, dass der früher als kleines Kätzchen mal ganz lange nichts zu fressen gekriegt hat. Als es dann endlich was gab, hat sich der Ein/Aus-Schalter vom Hunger-Satt-Knopf verhakt, weil er so geschlungen hat und das hat sich leider nicht mehr beheben lassen. Deshalb muss er immer weiterfuttern, bis alles leer ist, und dann geht er nur noch gemächlich spazieren und rennt nicht rum mit seinem dicken Bauch. Die Dosi sagt immer, der Dickes sei gar nicht so dick, jedenfalls sei er nicht fett, sondern schön stramm und kräftig und nicht wabbelig und sehe überhaupt nur so kugelig aus, weil er keinen Schwanz mehr hat. Ich hingegen sehe das völlig anders. Der

Dickes ist ein fettes, feistes Kätzchen, das nicht in unsere durchtrainierten Reihen passt, und deshalb muss er jetzt immer, wenn Musik von diesem Mark Medlock läuft, Aerobicübungen dazu ausführen. Dickes war anfangs noch ganz angetan von meiner Idee, aber da wusste er noch nicht, worauf er sich da einlässt. Der arme Kerl ist jetzt jeden Abend völlig fertig nach so viel Sport, aber ich hoffe, es hilft und ihn trifft dabei nicht der Schlag!

Svennie die Klette

Hach nee, noch so'n langweiliger Tag! Es regnet ganz dolle. Ich war schon ein paar Mal draußen und habe gewartet, bis ich pitsche-patsche nass war. Dann bin ich laut maunzend zur Dosi gerannt. Die hat mich in ein vorgewärmtes, toll duftendes Frotteehand-tuch eingehüllt, während ich auf ihren Oberschenkeln lag und zufrieden vor mich hingegrunzt habe. Beim zweiten Mal hat sie das Spielchen auch noch mitgemacht, obwohl sie zu meinem Dosi-Mann gesagt hat, das macht der Kerl extra. Sie hat ein neues, warmes, trockenes Handtuch für mich geholt und mich liebevoll abgetrocknet. Beim dritten Mal hat sie mich mit dem nassen Handtuch vom zweiten Mal grob abgerubbelt. Das war gar nicht schön. Es war nicht mehr trocken, und es hat auch nicht mehr geduftet, höchstens nach Pferd und Dung, da wo ich herkam. Ich bin dann in Dosis Bett geklettert, dort trocknet man angenehmer.

Da bin ich auch eingeschlafen, es ist ja tote Hose bei uns. Außer Mark Medlock und wie man den mal treffen könnte hat die Dosi nix mehr in der Rübe.

Am Freitag musste ich mal wieder in die Klinik und habe dort den ganzen Betrieb aufgehalten, weil ich unbedingt längere Zeit mit der Dokki schmusen wollte. Ich mag meine Dokki nun mal unheimlich gerne! Ich schmeiße mich dann auf den Rücken, strecke alle Viere von mir, hebe den Kopf und sage: „Ma!" Dem kann keiner widerstehen. In diesem Fall lag ich auf dem Untersuchungstisch, und sie musste einfach mit mir schmusen. Das Problem ist, dass ich nicht wieder aufhören will. Wenn jemand die Streichelstunde frühzeitig beendet, klettere ich an ihm hoch und lege meinen Kopf und die Pfoten über seine Schulter, kucke also in die entgegengesetzte Richtung wie die streichelnde Dosi. Die jeweilige Dosi packt dabei automatisch zu und hält mich fest, weil sie denkt, der arme Kerl rutscht sonst ab. Aber ich rutsche nicht ab, hehe. Ich habe eine geheime Klebetechnik erfunden. Nur wenn man an mir zerrt, um mich loszuwerden, kommen kleine Widerhaken raus und dann klebe ich natürlich erst recht. Meine Dosi zum Beispiel kann dieses Jahr keinen Bikini tragen. Rechtsseitig ist ihr oberer Rücken und Schulterbereich ständig aufgekratzt. Auch unter der rechten Brust hat sie Kratzstellen. Wenn ich erst einmal klebe, kann man mich nur operativ entfernen. Das bekam die Dokki am Freitag zu spüren. In der Position konnte sie mir noch nicht mal meine Spritzen in den Hintern jagen. Also mussten die beiden die Zeit überbrücken und ein bisschen quatschen. Ich wollte bestimmt noch eine dreiviertel Stunde weiterschmusen, bevor ich losgelassen habe. An dem Freitag waren nur drei Ärzte da, und teilweise warteten die Patienten, mit denen wir vorher im Wartezimmer saßen, immer noch da und kuckten die Dosi nicht so freundlich an. Keine

Ahnung, wie viel Gelächter und Geqietsche da mal wieder durchgedrungen ist, aber nach Behandlung hat es sich auf keinen Fall angehört. Aber diese bösen Blicke kenne ich schon. Wenn das Wartezimmer sehr voll ist und wir sehr lange geblieben sind, verschwindet die Dosi mit mir immer durch den Hintereingang.

An meine lieben Freunde   20. 06. 2007

Mir geht es schlecht. Das Cortison schlägt
nicht mehr an, meine Zunge ist trotz
Antibiotika völlig entzündet und ich kann
nichts mehr essen und trinken, obwohl ich
Schmerzmittel bekomme. Die Dosi hat mich
letzte Woche in die Tierklinik gebracht, weil
sie sich große Sorgen um mich gemacht hat.
Dort habe ich über eine Woche lang den
ganzen Tag Infusionen bekommen, zusätzlich
jede Menge Pillen und Spritzen und ein neues
Medikament, das eigentlich nur für Hunde
gedacht ist. Aber es soll noch besser wirken
als Cortison. Leider dauert es manchmal vier
Wochen, bis der Effekt eintritt. Ich fürchte,
so lange habe ich keine Zeit mehr. Noch will
ich aber leben!!! Die Dosi hat mich an ihrem
Geburtstag aus der Klinik geholt, weil sie es
nicht mehr ertragen konnte, wie ich gekuckt
habe, wenn sie ging. Sie war immer den
ganzen Nachmittag bei mir, aber es ist doch
etwas anderes als zu Hause zu sein. Dosi hat

den ganzen Pillenkram mitgenommen, aber sie weiß noch nicht, ob sie mich weiter damit quälen soll. Abgesehen vom Schmerzmittel. Davon bekomme ich natürlich, soviel ich haben möchte. Ein bisschen habe ich auch gefuttert, aber nur das leckere Hähnchengeschnetzelte und auch was getrunken, aber das reicht natürlich nicht. Wenn ich bis morgen nicht richtig esse und trinke, muss ich wieder in die Klinik, damit ich nicht verdurste. Dann kriege ich einen neuen Zugang gelegt und wir fahren wieder nach Hause. Die Infusionen bekomme ich dann hier. Die Dosi wird mir schon ansehen, wenn ich nicht mehr leben mag, da bin ich mir ganz sicher. Und dann wird sie etwas Morphium in die Infusion mischen und ich gehe ganz langsam über die Regenbogenbrücke. Dort warten schon ganz viele Katzen von der Dosi auf mich, die ich alle noch nicht kenne. Da ist der Mann von der Dosi, ihre große Liebe, der passt auf uns alle auf, dann gibt es Dosis Regenbogen-Katzen: den Dsching-Dsching, den Krümel, das Küßchen, das Klein-Mäxchen, den TomTom, das Möppchen, den Teddy, den Snoopel, Groß-Mäxchen, den Charlie, den Stöpsel und den Cäsar. So viele Katzen! Und alle freuen sich auf mich! Da drüben gibt es keinen Zank und Streit. Jetzt gehe ich erst mal zu meinem neuen Freund, das Pferd. Das mag mich richtig gerne. Es beschnuppert und bestupst mich immer. Ich liege in seinem Futtertrog und habe ganz viel Hafer im Fell, den die Dosi immer mühsam abzupfen muss. Aber im Moment ist mit der gar nichts anzufangen, sie heult nur den ganzen Tag, auch wenn sie versucht, das vor mir zu verstecken. Falls ich nicht zurückkomme, bin ich dort über die Regenbogenbrücke gegangen. Macht es gut, Ihr Lieben, es war eine schöne Zeit mit Euch! Aber wie gesagt: noch bin ich nicht tot! Alle Ärzte in der Klinik bis auf meine Dokki haben gesagt, ich sei nicht mehr lebensfähig. Die Dokki hat das nicht gesagt. Sie hat nur ganz doll geweint und mich mit den Infusionen ja doch noch etwas aufgepäppelt. Aber die Chancen stehen schlecht. Deshalb glaube ich, dass ich bald in den Katzenhimmel ins ganz helle Licht fliege, und ich schicke Euch ganz viele Engel. Zündet Ihr doch ein Kerzchen für mich an.

Vielen Dank für alles

Euer Svennie Glückspilz

Svennie ist von seinem Ausflug nicht mehr zurückgekehrt

Svennie schreibt aus dem Katzenhimmel

Hey Leute, ich bin´s, Svennie! Ich befinde mich jetzt im Lieben Land, so nennen wir das hier. Es ist klasse, und ich fühle mich sehr wohl! Alles läuft ganz anders als auf der Welt! Die Katzen jagen die Hunde, aber nur zum Spaß – wir vertragen uns alle sehr gut. Es gibt immer leckeres Essen, ohne dass ich den aaarmen kleinen kranken Kater heraushängen lassen muss. Krank bin ich nämlich nicht mehr. Weg sind sie, die Schmerzen und die blöden Geschwüre auf der Zunge. Ich frage mich, wo das Virus hingegangen ist. Hoffentlich in die Hölle! Wir futtern Filetsteaks und Puten-brustfilet, Rinderhack und Wildschwein-braten, Lammsteaks und Thunfischfilet. Wenn wir satt sind und kaum noch laufen können, schaukeln wir auf Wolken und dösen in Hängematten. Mein altes Gewicht habe ich längst wieder, meine kleinen Hängebauch auch. Aber das stört hier niemanden. Es ist ja auch kein Zucker-Bauch mehr, ich bin gesund.

Hier braucht sich auch keiner Sorgen zu machen wegen seines Reviers. Jedem gehört alles, es gibt keinen Zank und Streit. Im hohen Gras gibt es viele Mäuse, mit denen man spielen kann, aber die darf man nicht essen. Meine besten Freunde sind die Regenbogen-Katzen von der Dosi. Die haben ja auch jahrelang mit der Dosi leben und ihre vielen Macken ertragen müssen. Abends sitzen wir immer bei einem Schluck Sahne in gemütlicher Runde und jeder erzählt abwechselnd eine Geschichte, die er mit der Dosi erlebt hat. Darüber lachen wir uns dann halb tot. Ich bin übrigens auch noch bei Euch! Ich kann ganz genau sehen, was die Dosi da unten anstellt und wie sich meine ehemaligen Kollegen benehmen! Der Big Mäc, der große weiße dumme Vogel, versucht die Herrschaft zu übernehmen, ist aber zu blöd dazu. Gestern habe ich ihn erwischt, wie er den Monitor von meinem Dosi-Mann markieren wollte. Ich weiß ja aus eigener leidvoller Erfahrung, wie der darauf reagiert. Deshalb habe ich dem Big Mäc von hier oben ganz doll eins mit der Tatze übergebraten. Daraufhin hat er mit dem Rücken gezuckt und sich panisch um sich selbst gedreht – mit noch dümmerem Blick als sonst. Gepieselt hat er nicht mehr. Mit angelegten Ohren ist er von dannen geschlichen und hat sich dauernd dabei umgekuckt. Der Dickes wird immer dicker, weil niemand mehr da ist, der ihn in den Hintern tritt, damit er sich bewegt. Eines Tages macht es „Peng", und er ist geplatzt. Dann kommt er auch ins Liebe Land. Ich freue mich schon darauf! Er ist ja mein Freund und außerdem kann ich ihn ein bisschen beim Abnehmen unterstützen. Eigentlich könnte ich auch schon von hier oben immer mal feste zutreten, wenn er zu lange über dem Napf hängt!

Ich kann durch beide Welten streunern und bin glücklich dabei. Vielleicht schreibe ich Euch noch öfter aus dem Lieben Land!

Tschööö!   Euer Svennie

Epilog

Dem Svennie ging es bereits ab Januar 2007 zunehmend schlechter. Wenn man tagtäglich eng zusammenlebt, fällt es nicht so auf, aber wenn ich mir Svennies Geschichten hier von Januar bis heute durchlese, ist die Tendenz eindeutig negativ. Sven bekam in Ermangelung anderer Behandlungsmöglichkeiten wieder seine drei- bis vierwöchentliche Ration Cortison, und zwar nur ein ganz bestimmtes, alles andere wirkte bei ihm nicht. Im Januar 2007 bin ich zum ersten Mal zum Diabetes-Test mit ihm in der Klinik gewesen. Der stellte sich als negativ heraus, aber ich bin bis heute davon überzeugt, dass das Labor da einen Fehler gemacht hat. Jedenfalls habe ich ihn einige Wochen später, im März, wiederholen lassen, und er war positiv. Das hieß: Svennie durfte kein Cortison mehr bekommen oder ich müsste eine Gratwanderung machen und ihn einstellen auf Cortison + Insulin.

Ich entschied mich für Letzteres. Zunächst mal mussten aber die hohen Werte runter, also Insulin spritzen. Ich habe ein Messgerät gekauft und versucht, Blut aus Svennies Ohren zu kriegen. Es war nicht möglich! Das hatte ich noch nicht erlebt! Weder mit dem Picker noch mit der Klinge oder Skalpell. Er lag ganz ruhig auf meinen Knien und dachte wahrscheinlich „Lass die Alte nur" und ich habe gedacht, ich kriege es einfach nicht geregelt. Aber dann habe ich mir die anderen Katzen geschnappt und es ging perfekt. So langsam kam mir der Gedanke, dass es nicht an mir, sondern vielleicht doch ein bisschen an Svennies Physiologie lag. Er gab mir höchstens mal ein klitzekleines Pünktchen Blut, das natürlich nicht ausreichte. Ich konnte aber auch nicht jeden Tag zur Tierklinik fahren und ein Blutbild machen lassen. Wir haben deshalb die Insulin-Dosis runtergeschraubt bis auf ein Minimum und ich bin zwei Mal pro Woche zu Svennies Dokki gefahren. Nach 14 Tagen war der Spuk vorbei und Svennie im Honeymoon.

Dann standen wir da mit einem von den Werten her gesunden Svennie mit Restcortison im Körper, das nicht mehr ausreichte, um heilend zu wirken, und dem Wissen, dass er genau dieses Cortison nicht mehr bekommen darf. Er hat also ein anderes Cortison erhalten, eines, das nicht so diabetigene Auswirkungen hat. Es half immer drei Tage lang. Zusätzlich bekam er ein neues Langzeitantibiotikum. Immerhin hat das wegen seines neuen Wirkstoffes, den Svennies Körper noch nicht kannte, einigermaßen angeschlagen. Seitdem war ich wie blöd weltweit auf der Suche nach anderen Behandlungsmöglichkeiten. Aber es gibt keine. Svennie hatte alles durch, was die Veterinärmedizin bei dieser Krankheit als Behandlungsmethode kennt, einschließlich Homöopathie.

Svennie fing an zu sabbern und zu schnattern, also mit dem Unterkiefer zu klappern. Ansonsten war er nicht eingeschränkt. Er muss mit der Zeit eine enorme Schmerztoleranz entwickelt haben. Er brachte uns viele Mäuse, die er mit den Eckzähnen griff –ansonsten war er ja zahn-los- in die Wohnküche. Manche Mäuse waren breiter als sein kleines Gesicht. In der Regel waren sie nicht tot. Und Svennie war immer so stolz und musste uns das mitteilen; deshalb hat er die Mäuse dann losgelassen. Manche Mäuse sind aber direkt an einem Herzschlag gestorben; die hat er trotz seines entzündeten Mäulchens aufgegessen! Zack, Kopf ab, runterschlucken, Seitenteile auf dem Zahnfleischkamm kauen, sogar die Niere hat er aussortiert und den Schwanz übrig gelassen! Im Mai ging es weiter bergab, nachdem Ende April der Klinikchef Dr. Döring sich darüber gewundert hatte, dass Sven noch lebte. Zwei Wochen später war ich wieder in der Klinik bei Svennies Dokki Dr.

Barbara Arnholz, der diesmal spontan die Tränen kamen, als sie ihn sah. Da wurde mir schon ganz anders. Wir haben noch einen letzten Versuch gemacht mit einem neuen Medikament gegen Dermatitis, aber nur zugelassen für Hunde. Es soll hervorragend wirken; es hat die Eigenschaften von Cortison, ohne dessen Nebenwirkungen zu haben. Der Haken bei dem Medikament ist, dass es bis zur vier Wochen braucht, bis die Wirkung einsetzt, und diese Zeit hatten wir nicht mehr.

Svennie konnte kein Katzenfutter mehr essen, es war zu scharf. Ich konnte ihm nur noch rohes Hähnchengeschnetzeltes in ganz kleinen Stückchen geben, wenn ich ihn auf den Knien liegen hatte und das Fleisch in einem ganz bestimmten Winkel an seinen Mund hielt, so dass er nicht mit der Zunge drankam. Die Zunge war letztlich der entscheidende Faktor, nicht mehr der Rachen, wie zu Beginn. Der Rachen war eigenartigerweise vernarbt und einigermaßen ausgeheilt! Das Virus hatte sich auf die Zunge verlagert, wo es anfangs nicht war. Die Hälfte seiner Zunge war voller Bläschen. Barbara hat gesagt, in 19 Jahren Berufserfahrung hätte sie nicht einen Fall gehabt, der so schlimm war und vor allem so therapieresistent. Er war nicht mehr in der Lage zu trinken, weil er seine Zunge nicht mehr so formen konnte, dass er Wasser aufnehmen konnte, das tat weh. Nach Schmerzmittelspritze und viel gutem Zureden hat er dann doch immer getrunken, aber das konnte ja kein Dauerzustand sein. Svennie nahm immer mehr ab. Ich hatte ihn von der Katzenhilfe mitgenommen mit 1,6 Kilo, er ist blitzschnell „explodiert" auf 3,2 Kilo und wog die letzten beiden Jahre kontinuierlich 4,5 Kilo. Plötzlich waren es nur noch 3,7 Kilo. Beim nächsten Klinikbesuch 3,2 Kilo. Beim Wiegen zuhause 2,8 Kilo. Ich habe lange überlegt, ob ich ihn stationär in die Klinik legen soll, weil er doch so sehr auf mich fixiert war. Aber zuhause würde er mir mit Sicherheit verhungern und verdursten. Der Hintergedanke war, dass das Medikament demnächst wirken würde. Bis dahin sollte er Infusionen bekommen.

Also habe ich ihn in die Klinik gebracht. Svennie hatte quasi ein Einzelzimmer, die anderen Betten waren nicht belegt, und ich konnte mich dort aufhalten, solange ich wollte. Ich habe schnell gemerkt, dass er die Ruhe auch brauchte und wollte. An einem bestimmten Tag hatte ich plötzlich das dringende Bedürfnis, ihn aus der Klinik abzuholen – warum, weiß ich nicht. Das habe ich am nächsten Tag auch getan. Barbara hat gar nicht groß nachgefragt oder protestiert - es war, als müsste es so sein. Die Braunüle kam raus und Svennie wieder zu seinen Kumpels. Er war sehr schwach und wackelig und kippte dauernd fast um. Er sollte nicht raus gehen, sonst würde er wieder ver- schwinden zu seinem Freund, das Pferd, und da findet man ihn immer nicht. Wir haben also alle Eingänge und Katzenklappen verriegelt und verrammelt. Das ist bei uns schwierig, weil die Plexiglas-Schwingtüren teilweise durch Prügeleien kaputt sind und sich nicht mehr sichern lassen. Dummerweise sind die Katzenklappen aber in den Beton eingearbeitet, so dass man sie auch nicht einfach austauschen kann. Jedenfalls stand aus diesem Grund vor der Klappe, die zur Terrasse führt, eine ca. 30 Kilo schwere Kiste mit Computer-Festplatten, die wir mühsam dort hingeschleppt hatten. Am Mittwoch um sieben Uhr morgens kam Svennie zu mir ins Bett und weckte mich. Dann ging er wieder. Als ich eine halbe Stunde später aufgestanden bin, war er nicht mehr da. Der schwere Karton mit den Festplatten war zur Seite gerückt, die Klappe war frei. Das muss geschehen sein mit den vereinten Kräften der anderen Katzen, anders kann ich es mir nicht erklären.

Svennie war gegangen

Ich brauche wohl kaum schreiben, wie sehr ich ihn gesucht habe. Jeden Quadratzentimeter Boden im Umkreis von einem Kilometer habe ich umgedreht. Keine Spur von Sven. Nicht in Kellern, nicht in Scheunen, nicht bei seinem Freund, das Pferd, das übrigens ein wild lebender Hengst war, der ordentlich was dagegen hatte, dass ich seine Koppel betrete. Nicht in Feldern, unter Büschen, unter Holzstößen, ich habe ALLES abgesucht. Ich vermute, er ist ganz in unserer Nähe. Er wird sich einfach schlafen gelegt haben und wird in ein Nierenkoma gefallen sein, sagt seine Frau Lieblingsdoktor. Er hatte keine Schmerzen. Ich würde ihn nur gerne bei meinen anderen Regenbogen-Katzen im Wald beerdigen. Er hat auch einen virtuellen Platz im Regenbogenland.

http://www.ihr-ncv.de/tierfriedhof/index.htm

Ich danke allen, die sich so sehr für Svennie und seine Geschichte interessiert haben. Svennie hatte etwas Wunderbares, Einzigartiges an sich, was die Menschen in seinen Bann zog. Das funktionierte sogar per Bild im Internet. Er war ein charismatisches kleines Persönchen mit Intelligenz und Witz. Wer ihn persönlich kannte, kam manchmal nicht zu mir, um mich zu besuchen, sondern um mit ihm zu spielen und zu schmusen. Svennie stand mir näher als jemals eine Katze zuvor. Ich liebe ihn sehr und werde immer um ihn trauern.

Die Geschichten habe ich so geschrieben wie ich glaube, dass Svennie sie empfunden hat. Oftmals hatte ich tatsächlich das Gefühl, dass er mich für eine doofe Dosi hält!

Svennie wurde in der Natur gefunden und in die Natur ist er wieder zurückgegangen. Der Kreis hat sich damit geschlossen. Ich denke, es ist richtig so.